LESS MISSING LESS PAIN

思君令人老
努力加餐饭

蔡澜雅趣人生系列

蔡　澜 著

青岛出版社

图书在版编目（CIP）数据

思君令人老　努力加餐饭 / 蔡澜著 . —— 青岛 : 青岛出版社，
2019.6
　（蔡澜雅趣人生）
　ISBN 978-7-5552-8181-8

　Ⅰ . ①思… Ⅱ . ①蔡… Ⅲ . ①散文集 – 中国 – 当代
Ⅳ . ① I267

中国版本图书馆 CIP 数据核字 (2019) 第 068846 号

书　　　名	思君令人老　努力加餐饭
著　　　者	蔡　澜
出版发行	青岛出版社
社　　　址	青岛市海尔路 182 号（266061）
本社网址	http : //www.qdpub.com
邮购电话	13335059110　0532-68068026
选题策划	贺　林
责任编辑	贾华杰
特约编辑	刘　茜
插　　　画	苏美璐
装帧设计	书心瞬意　任珊珊
制　　　版	青岛乐喜力科技发展有限公司
印　　　刷	北京德富泰印务有限公司
出版日期	2019年7月第1版　2019年7月第1次印刷
开　　　本	32开（890mm×1240mm）
印　　　张	8.5
字　　　数	260千
书　　　号	ISBN 978-7-5552-8181-8
定　　　价	59.00元

编校印装质量、盗版监督服务电话：4006532017　0532-68068638
建议陈列类别：文学随笔　饮食文化

目 录

活到老，吃到老

我的最爱

吃出来的学问

蔡氏厨房

茶余饭后

活到老，吃到老

南洋云吞面

有点像《深夜食堂》里的故事，今天要讲的是"南洋云吞面"。

"卖面佬"

小时候，我住在一个叫"大世界"的游乐场里面。那儿什么都有：戏院、夜总会、商店和无数的小贩摊档。而我最喜欢的，就是卖云吞面的面档了。

面档没有招牌，大家也不知老板叫什么名字，只是叫他为"卖面佬"。他五十岁左右。

卖面佬一早起床，到菜市场去采购各种食材，再回到档口，做起面来。他有一根碗口般粗的竹篙，竹篙的一端用粗布绑着块大石头，竹篙的中段压在台子上摆着的用面粉和鸭蛋揉成的面团上。他坐上了竹篙的另一端，就那么压起面来，一边压一边跳动。在小孩子的眼里，这简直像武侠片中的轻功，百看不厌。

"叔叔，你从哪里来？"我用粤语问他。南洋小孩，都会说很多种方言。

"广州呀。"他说。

"广州，比新加坡大吗？热闹吗？"

"大。"他肯定，"最热闹的那几条街，晚上灯光照得人睁不开眼。"

"哇！"

卖面佬继续他的工作。不一会儿，面皮被压得像一张薄纸，几乎是透明的。他把面皮叠了又叠，用刀切成细面条，再将面条分成一团团的。

"为什么从那么大的地方，到我们这个小地方来？"还是忍不住问了。

"在广州看见一个女人被一班小流氓欺负，"他说着举起那根压面的大竹篙，"我用它把那些人赶走了。"

"哇！后来呢？"我追问。

"后来那个女的跟了我，我们跑到乡下去躲避，但还是被那班人的老大追到了。我一棍把那老大的头打爆，然后就逃到南洋来了。"他若无其事地回答。

"来多久了？有没有回去过？"

"哪有钱买船票呢？这一来，就来了三十年了。"

"那个女的呢？"

"还在乡下，我每个月把赚到的钱寄回去。小弟弟，你是读书的，帮我写封信给她，行不行？"

"当然可以。"我拍着胸口，取出纸笔来。

"我一字一字说，你一字一字记下来，不要多问。"

"行！"

卖面佬开口了："阿娇。她的名字叫阿娇。"

我正一字一字地写，才发现这一句他是说给我听的，即刻删掉。

"昨天遇到一个同乡，他告诉我，你十年前已经和隔壁的小黄好了。"

"啊！"我喊了一声。

"我今天叫人写信给你，是要告诉你，我没有生气。"

"这，这，"我叫了出来，"这怎么可以？"

"你答应不要多问的。"

"是，是。"我点头，"接下来呢？"

"我说过我要照顾你一生一世，我来到这里，也不会娶第二个女人的。"

我照写了。

"不过，"他说，"我已经不能再寄钱给你了。"

我想问为什么，但没有出声。卖面佬继续说："我上个月去看了医生，医生说我得了一个病，不会活太久。"

"什么病？"我忍不住问。

"这句话你不必写。我也问过医生，医生说那个病，如果有人问起，就向人家说，一个'病'字，加一个'品'字，下面一个'山'字。"

当年，这种绝症，我们小孩子也不懂，就没写了。

"希望你能原谅我。但只要还有一口气，我就会寄钱给你的。"

卖面佬没有流泪，但我已经哭了出来。

另一种小吃

南洋云吞面，多数是捞面，汤另外上。因为在南洋

① 大地鱼，就是比目鱼，也称鲽鱼。

大地鱼①难找，所以，熬汤改用鳁鱼干。南洋人也用江鱼仔来熬汤，别有一番风味。

汤用小碗盛着，里面下了三粒云吞。云吞是猪肉馅的，包得很小。

面中碱水下得不多，所以面没有那么硬；也可能是因为面粉和广东的不同，面很有面味。

面煮熟后捞起，放入碟中。碟里已放了一些辣椒酱、醋和猪油，混着面，特别香。面上铺着几片叉烧。所谓叉烧，一般的店只是将瘦的猪肉染红，不烧，切成的片外红内白。有些做得好的店，叉烧是用半肥半瘦的肉烧出来的，但放的麦芽糖不多，没那么甜。

再加一点菜心。南洋不下霜，因而菜心不甜，很老，不好吃。但吃惯了，又觉得有独特的味道。

一直保持着的，是放大量的猪油渣。喜欢的人，还可以向店家要求多放一点。这种猪油渣，指甲般大，炸得刚刚好，奇香无比。

另外有碟酱油，用的是生抽。酱油碟中还放了青辣椒。

青辣椒切段，不去籽，用滚水略略烫过，就放进玻璃瓶中，再放入白醋和糖去浸。浸这一步很关键，浸出的青辣椒太甜或太酸都是失败的。有了这些糖醋青辣椒配着，南洋云吞面吃起来特别刺激，和其他地方的云吞面完全不同。

南洋云吞面只在新加坡和马来西亚吃得到，其他地方的虽也叫"云吞面"，但已是另一种小吃了。

我的沪菜教育与欣赏

时常写关于沪菜的文章，到现在还有许多江浙读者误认为我和倪匡兄一样，是个上海人。

这也不对，倪匡兄是宁波人不是上海人。在交通不发达的年代，宁波与上海相距甚远，但对于我们这些广东佬来讲，都是同一个地方。两地的菜也相似，只有当地人才分得清楚，我们都将之混为一谈，称为"上海菜"了。

我的沪菜教育

二十世纪七十年代初，我来到香港，就被一群江浙人包围着：替邵逸夫先生打工，所交的朋友岳华、郑佩佩、亦舒都是"上海人"。虽然我的上海话不灵光，但也勉强地听得懂六七成，点菜更是不成问题。

最常光顾的店是宝勒巷中的"大上海"，和张彻、董千里、易文等谈剧本，都在这里进行。领班叫欧阳，有个讲日语的伙计叫"日本仔"。店里很大，有几个厅房。一坐下，欧阳就拿出一张条子——那是筷子筒背后的白纸，上面写着最时令的食材。

自此，开始懂得樱桃原来是田鸡腿，圆菜是甲鱼，还有数不尽的时蔬，像草头、荠菜、马兰头、塔锅菜等等。

拼盘先上，量大得不得了；看肉、羊膏、素鹅总是吃不完，每次都要打包回家。接着熟菜上桌，鳝糊中间的蒜蓉爆得发响，当今已几乎绝迹了。

浓油赤酱，是我对上海菜的最初印象，也深深地印在脑海中。数十年前我第一次踏入内地，就到处去找这个味道，哪知怎么也吃不到。友人说，你到国营的老餐厅，也许能够找回。但给那些高傲的服务员气个半死，也没有浓油赤酱这一回事。

另一位训练我吃上海菜的恩师是朱旭华先生。我们同住一个宿舍，一到中午，他便叫我到他家吃饭。但做菜的阿心姐是顺德人，怎能做得正宗？

阿心姐做上海菜的厨艺是朱旭华先生从头教到尾的。朱先生温文尔雅，从不骂人，但对做菜的要求极为严格。在朱先生不断的批评之下，阿心姐做的烤麸，是至今我吃过的做得最地道的；葱烤鲫鱼，我也再没吃过比她做的更好的。

和倪匡兄吃饭的经历，又让我懂得宁波小芋头与乱七八糟的沪菜馆子用的广东大芋头的分别。

我的沪菜欣赏

早年的香港，沪菜馆随地可见，尖沙咀除了"大上海"之外，生意最旺的是在金巴利新街的"一品香"，永远挤满了客人。一走进去就看到玻璃橱窗中摆着数不清的冷菜：萝卜丝拌海蜇、凉拌油莴苣丝、糖醋排骨、醉鸡、卤牛肉、青椒拌干丝、凉拌海带、拌双笋、油爆河虾、凉拌银耳、白斩鸡、盐水鸭、雪里蕻炒墨鱼、拍黄瓜、熏鱼、熏蛋等，还有染得通红的一大块一大块的糟五花腩，一想起来就口水直流。现在，已看不到这种摄人心弦的排场。

另一边，双人合抱那么大的铜锅，里面热滚滚地摆着油豆腐粉丝和塞肉的百结叶。那锅汤的香味，令人至今念念不忘。

　　档次低一点的是叫"三六九""四五六"之类的上海小馆，当年认为这些小馆没什么值得吃的菜，现在要找回那些难吃得忘不了的味道也不容易，尤其是他们的上海粗炒，怎么找也找不到。

　　理由很简单，当今的上海菜馆，为了满足客人的健康需求，已不用猪油。我一家家地尝试后又放弃，那些菜馆也一家家地因为变成了粤菜馆而关门。

　　后期崛起的上海菜馆有"上海总汇"，肘子翅是这家发明的，现在他们也不用猪油了。另外有"雪园"，出名的菜品是拆骨鱼头。鱼头一被拆骨，能好吃到哪里去？我也从没喜欢过这家餐厅。但是现在大多数做得好一点的上海菜馆，问师傅是什么地方出身，都说是"雪园"。

　　更后期，香港出现了新的上海菜馆——"留园"，这让人惊喜。他们做的田螺塞肉，更是名噪一时。当今改名为"留园雅叙"，听着好像疲倦了一点。

　　后来重访上海，友人带我去一家名为"鹭鹭"的菜馆，他家有一道菜叫"猪八戒踏足球"，是红烧元蹄被一圈鹌鹑蛋围住。这家菜馆的分店也愈开愈多，后来迷失了方向。

上海菜馆逐渐走高端路线，但若没有香港的鲍参肚翅，就依然卖不上价钱，客人一点菜，听到那么便宜就不光顾了。所以搞出什么怀旧菜馆，扮上海滩年代，又推出什么"张爱玲家宴"，都不起作用。再加上不用猪油，连菜饭也做不好，生意更是一塌糊涂。

怀念昔时的沪菜，比如有一道菜是用九肚鱼和雪菜同煮，把鱼煮烂，去掉中间的椎骨，剩下的部分用网挤出浓汤，结成冻，这道菜已绝迹。另有一道虾脑豆腐，是从对虾中取出虾膏，和豆腐一起炒制而成的。这道菜偶尔在富贵人家的厨房中还吃得到，不过，野生对虾已绝种，用的是日本大花虾。

当今真正的浓油赤酱，还能在友人的家中吃到。现在好了，又出现了一家"汪姐私房菜"。我们还是有口福的，好的沪菜，到底是后继有人。

「小曼谷」

从九龙城衙前围道五十二至六十四号这段路左转，进入城南道二十至八十号，就是泰国商店密集的地方。当今，已有人叫它"小曼谷"了。

到了星期六和星期天早上九点半，更有一群群的泰国女人在路边铺了草席，双手合十，膝前摆了奉佛的花篮，诚心地等待僧人的来临。

僧人来自新界的泰和寺，几位一群，前来化缘。女人把吃的、喝的、用的，放在一个塑料桶中奉献。僧人的助手们一个个收了，放入红蓝白的巨型袋中带回庙里，与信众分享。这般景象和在曼谷的街头看到的一模一样。

香港人出去旅行，最爱去泰国。无论是泰国的食物还是购物，都是无限的诱惑，加上地道的泰式按摩，价钱又便宜到极点，让我们对泰国有了深厚的感情。

不是每一天都能去泰国玩，但来到城南道的"小曼谷"，就可以勾起你无限的回忆。这一区已是我最爱去散步的地方之一。

一切都要拜赐当年旧启德机场未搬走时，人们可以很方便地把新鲜食材从泰国搬运来，使泰国餐厅可以一间间地开。食客知道，要吃最地道的泰国菜，还得来九龙城。

刚开始时有"昌泰杂货"，现在在"小曼谷"一数，店铺远不止十几二十家，偏门的货物也都出现了。

转入城南道，就可以看到卖泰国衣服的"泰屋"，帽子、鞋子、手袋都齐全，还有数之不尽的首饰。如果要把自己扮成一个泰国女人，去这家店便好了。

隔壁的"维健"是健康食品的专卖店，最受女士们欢迎。什么美容品、减肥茶，都自称"特效"，如果你迷信它们的作用，就能大买特买。其他货物还有各式各样的按摩工具，就连特制的药包，都大大小小俱全；把它放入微波炉一热，就可以用来热敷肩膀和腰部，据说很有效。

再过去，是"利德泰国杂货"，除了卖吃的，也卖爽身粉。

隔壁的"同心"，是对面公园旁同名餐厅开的杂货店，摆着各种水果和泰国渍物，也卖一包包现成的咖喱和甜品，泰国女人便是在这里买的杂货去供奉僧人。

水晶杬是特别香甜的杬果，比菲律宾的味浓，入口又甜又软熟，有股特别的香味，吃了之后会上瘾。

在这里还可找到一种马来西亚人称为"buat lonlon"的土杬果，肉是香脆的，非常酸，里面有硬筋。用刀子挖出肉来，蘸酱油、白糖和辣椒吃，味道一流。

旁边是"昌发泰国粉面"，这家人做的食物很地道，有我爱吃的干捞面和白灼蚶蚶，爱此物者不可错过。本来也卖杂货的，但餐厅生意一好，地方不够用，当今两间店面都改成小吃店了。

向前走两步，是"Sour Goose Berry Shop"（酸油甘子），这家的食材最为齐全。我爱他们卖的焓熟花生，花生肥肥大大的，极香，给人吃炒花生享受不到的味觉体验。焓熟花生分成一包包来卖，每包十块，买回家后一边看电视一边剥来吃，多么享受！焓熟花生每星期运来三四次，天气凉时放几天不要紧，天热时最好问清楚是不是当天送到的，吃当天的较为安全。

这家店也卖一种皱皮的青柠檬，那不是用来榨汁的，而是用来洗头的。在泰国拍戏时常在河边看到少女们洗澡，一人手上一个柠檬，往头皮大力擦去，这样可以防止瘙痒。

我喜欢买一瓶"Mekong"（湄公）牌的泰国威士忌，加上椰子水来当鸡尾酒。其他酒是愈老愈醇，这种威士忌则要喝新鲜的，所以我把它命名为"湄公河少女"。但这家厂已倒闭，用苏格兰威士忌完全不是味道，只有买泰国其他牌子的代替。

店里当然也卖椰青，但威士忌牌子一换，就需要更甜的椰子水来调拌。要买甜的椰青，可买"椰皇"，那是把外层的椰丝清理后，剩下小椰壳，再拿去烘焙过的。椰子水糖化后，变成极甜的饮品。可惜椰壳还是很难敲开，聪明的泰国商人就在壳顶割开一圈，再钉上易拉扣，让人可以一下子打开。

① 细粒，粤语，个儿小，颗粒小。

在其他杂货店中，有细粒①的蒜头出售。可别小看它，其辛辣度是蒜头中最强的，我做菜最爱用它。

稀有的食材还有香蕉花、咖喱叶、食用含羞草、酸笋和各种炸猪皮。另有制作青木瓜丝用的木头臼子和长木棍，做"宋丹"②时使用。

② 宋丹，也叫青木瓜沙拉，泰国的名小吃。

当胃口不佳时，我会自己动手做蔡家沙拉。把花生去皮炸香，舂成碎，加泰国小蒜头和虾米等，最后放炸猪皮和削薄的青瓜片，加椰糖拌一拌，上桌前挤青柠汁和鱼露调味，是一道极上乘的前菜。

另有一包包用塑料网包住的罗望子，长得像巨大的豆荚，褐色。印象中罗望子很酸，其实极甜，把硬皮剥开一颗颗吃，味道很特别。

街对面，有家叫"Sweet Lemon"的店铺，专卖佛具。你猜对了，我常背的黄色和尚袋，也可以在这里买到。

街尾的"丽思美食"，做菜水平很高，味道正宗，只是他家的生意大多被街头那几家大餐厅抢去了。

整个"小曼谷"，最缺乏的就是街边小吃了。从前"利德泰国杂货"的老板娘还开了家小店叫"中华小食"，只卖河粉和米粉，好吃得不得了，可惜后来因房租高而收档[3]。我叫她在杂货店中开一档，她说牌照不允许，遂已成绝响。

③ 收档，粤语，收摊，停止营业。

有空，到"小曼谷"走一走吧，是件愉快的事。

一乐也。

闲聊早餐

你是什么地方的人，就叫什么早餐。

幸福的香港人

我们住在香港真幸福，任何早餐都能吃到。广东人爱喝粥，老火煲出来的粥，当称一个"绵"字。食材煮得稀巴烂，看不到米粒，但味道极佳。乍一看以为只是白粥，其实里面还加了江瑶柱、白果、腐皮等。外地人吃了，返乡之后也会想念。

高级一点的，加了猪内脏，称为"及第粥"。"艇仔粥"由广州传来，至今也是香港人最喜欢的粥类之一。"皮蛋瘦肉粥"百吃不厌，最简单的"猪红粥"也很好吃。

如果你是上海人，那么还是会去找烧猪油条或者粢饭，再来一碗豆浆。咸豆浆最好喝，加了虾米、油条片等，不去搅拌，豆浆凝结为块状，像豆腐，也像蛋花汤。

潮州人吃糜。香糜是将米粒煮得刚刚开花就关火，和广东的粥截然不同。还有他们的独特早餐——粿汁，是擀薄片的粉煮成粥状，在香港也几乎绝迹。珍珠花菜猪杂汤，更是甭谈了。

当今香港人吃早餐，除了到麦当劳吃汉堡包、到肯德基吃炸鸡以外，都挤进茶餐厅去吃 A 餐、B 餐或 C 餐。

不知从什么时候开始，我们接受了意大利通心粉，还加几小片火腿。煎蛋、煎香肠、三明治等配咖啡或茶，是什么什么餐的主角。吃不惯西式早餐的人，来碗雪菜米粉，还有沙茶牛肉河粉，已感幸福。还有的早餐就是什么丁什么丁了，我们将出前一丁的方便面纳入，当成早餐主要的食材。

不过，小时候要是被父母带去茶楼，吃了一餐早茶，那些虾饺、烧卖、叉烧包等就会深入脑海，从此，饮茶成为奢侈的早餐。不管你是东西南北人，在香港，饮茶、吃点心，都会变成磨灭不掉的记忆。一到香港，非饮茶不可。

可惜的是，当今因为高房租，旧茶楼一间间关闭，只剩下少数能做得下去，比如"陆羽"和"莲香楼"。但是如果你用心去找，还是能在好屋苑的附近寻到一两家茶楼，他们顽固地、有水平地做下去。

其他的都是一些不堪入口的点心店。点心在内地做好，冰冻后运到香港，蒸热上桌。一看，水汪汪的，软绵绵的，让人伤心到极点。

其实云吞面也颇受欢迎。广东的面店，不到中午不营业。香港人不把面食当作早餐，但也可以在香港找到一两家茶餐厅是卖面的。对，那是潮州人经营的，有些还卖牛腩、牛杂，但做出来的面，和广东一派是不同的。

更多早餐

我们一到外国旅行，最先碰到的是美式早餐，或者就是欧陆早餐。前者很丰富，有炒蛋或煎蛋、火腿、香肠、果汁、果酱和面包；后者就寒酸，只有面包、果酱及茶或咖啡罢了，当然价钱也较便宜。

其实这只是个叫法，欧陆早餐中的英式早餐，可比美式的丰盛得多：先来两三个各种做法的蛋，再来大块的肠肉和香肠，整个的西红柿，一大块咸布丁，还有蘑菇、洋葱、薯仔包，把盘子堆得满满的，不管你吃不吃得完。

反观马来人，胃口就小得多，早餐只有一小个菜煎叶子包裹的椰浆饭，上面放点炸小鱼、花生和辣椒酱罢了。

要论美味的话，还属在胡志明市吃到的一碗热腾腾的牛肉河粉。泰国人做的干捞面早餐，面很少，配料特多。要吃得饱，还是得吃新加坡的肉骨茶。

何必连早餐也得忍受无味饲料

昔时，星洲^①的潮州商人还流行"煮食"。到大排档去，什么卤猪脚、蒸鱼虾、炒通菜皆上全，志在用来下酒，但此情此景不复再。

① 星洲，新加坡旧称。

消失的还有中国台湾地区的街边档，切仔面、鱿鱼羹、蚵仔面线等，以前只要走出酒店，在横巷中一定可找到几档。现在取而代之的，是一些西式的早点。

如今，各地早餐的水平已经没落。人们的生活水平提高，不必那么勤劳地一早起来做买卖；即使做，也做个轻松的，去煲一大锅粥、煮一大锅汤来干什么？两块面包夹一片火腿不就行了吗？

久而久之，年轻人也把垃圾食物当成人间美味，因为他们的肚子饿了。祝福他们。

享用美食的欢乐和愉快，是自己找回来的。你们办公室周围的档口不好吃的话，那么就早一点起来，做顿丰富的早餐，吃完再出门。或者，走远几步，那边有一家粥特别好吃，就去享受享受吧！人生苦短，何必连早餐也得忍受无味饲料？

自己做？那不是很辛苦？其实一点也不困难。晚餐有吃剩的，别怕难为情，打包回家，翌日做个方便面，一起滚热来吃。连白饭也打包，做个什锦炒饭；或者把白饭滚成粥，再打两个鸡蛋下去。要吃得豪华也容易，买个慢热煲，睡觉之前把几块排骨和一两个苹果或梨放进去，第二天早上就有一锅香喷喷的汤来叫醒你。

利用一切食材，发挥你的想象力，做出一顿美好的早餐，吃下去，做人才有意义。

鬼婆牛杂

离开东京返港之前，早上必到筑地鱼市场走一趟。我对金枪鱼拍卖没兴趣，最爱吃场外小摊子的早餐。

"井上"的拉面最为精彩，一片片的叉烧铺完又铺，毫不吝啬。汤底熬得鲜甜，面条又细又弹牙，非吃不可！

我早上的食量很大，一碗面是不够的，得先来一碗饭垫底，吃完再吃面——若先吃面就吃不了那么多。

再往前走几步，有一家卖牛杂的摊档，白饭做得最好吃。档口摆了一个巨大的铁锅，里面的牛肠、牛肚煮得沸腾腾、香喷喷的。

可那又是最难吃的。说难吃，不是味道不佳，而是那个卖牛杂的老太婆，是世界上最没有礼貌的一个女人。看着她那副苦口苦脸，老大不愿意卖给你的样子，本来应该吃不下的，但那锅牛杂实在诱人，硬着头皮也得光顾。

这家牛杂摊档没有汉字招牌，只挂了一块布，日本人称为"暖帘"，上面写着"kitsuneya"，"狐狸屋"的意思。不会看日本名也不要紧，反正那锅牛杂会指路。

档口只能坐四个人，外面有一张长桌，让客人站着进食。那么小的地方，要三个人经营才能对付排着队的顾客，可见生意有多好。

二十年前我已被这家店吸引，当年那个老太婆五十多岁，儿子三十岁，娶了个媳妇二十几岁。媳妇人长得真漂亮，皮肤洁白，明眸皓齿，只是命运没有安排她当电影明星。

不论她怎么勤力工作，家婆都看她不顺眼，不是怨三怨四那么简单，而是总是破口大骂。儿子听在耳中，不敢作声，只继续为客人添饭。我望着媳妇，寄予无限同情。

十年一下子过去，那档牛杂我吃过无数次，没有一回不听到婆婆骂媳妇的，却再也不曾见到那儿子。会不会忍不下去，找了别的工作？我胡思乱想。

老太婆骂得更凶，不单指责媳妇，连对客人也呼呼喝喝："牛杂不单卖！要吃就要跟饭一起！"

或者，她指着贴在壁上的那块小餐牌："卖的东西就那么多，问三问四干什么！"

遇到洋人和衣着不像日本人的异乡客，她总是以手背向外飞，大叫："走！走！走！"

老太婆从来不知道什么是熟客，不望人家一眼。媳妇见到我来了多次，已认得，但碍着婆婆在，不敢打招呼，也不敢以眼光接触。

这时她已步入中年，身材熟透，皮肤白里透红，只有那阵女人味，才能把牛杂比下去。我一直想和她交谈几句，问问她先生去了哪里，但婆婆老是站在她身边，我只好吃过饭，扔下钱就走。

好歹遇到一次她婆婆不在，我还没有开口搭讪，她已主动地向我说："婆婆不是不做外国人的生意，只是语言不通，怕得罪人而已。"

得罪外国人？她连日本人也得罪！见我不作声，她向我再三地道歉。

总得找个机会回敬，这次终于实现。我坐在档口，老太婆拿牛杂给我，一不小心，碟子摔落锅中，牛杂汁飞起，溅到我的袖子上。

这回轮到我破口大骂了，我在脑中把日文转了又转，找不出字眼来骂人。日语中又没有粗口，"马鹿野郎"[1]

① 马鹿野郎，日语，混蛋。

也不适合用在这家伙身上，忽然，我冲口而出："鬼婆！Oni baba！"[2]

② 鬼婆，oni baba，日语，"狠毒的老太婆，丑老太婆，母夜叉"的意思。

日本人的"鬼"不是鬼。鬼在他们的字眼中叫"幽灵"，而那个"鬼"字，是形容上身赤裸、腰缠兽皮、青面獠牙的大汉的，不恐怖。从前有一部电影叫《鬼婆》，是讲一个样子长得又黑又丑的老女人的。在我心目中，这个老太婆就是那么又黑又丑！

"咭"的一声，我看到了最美丽的形象——笑声发自媳妇。她听到我骂"鬼婆"，忍不住笑出声来。那是我第一次看到她的笑容，听到她衷心的笑声。

笑声渐渐增强，原来是发自其他客人。

日本人有个天性，做错了事就是做错了事，不敢吭声。鬼婆不向我发作，转过头大骂媳妇，媳妇也不搭嘴，任由她谩骂。

像粤语残片，日历一张张顺水飘去。再过了十年，今天我又去光顾。那媳妇已四十几岁了，工作的操劳，令她脸上很快地多添皱纹，身体也开始发胖，失去了当年的神采，但略施脂粉，样子还是好看。

我大咧咧地在档口前坐下，鬼婆没有认出我这个仇人。我向她要了牛杂白饭、泡菜及啤酒。看着媳妇那副委屈相，我准备接受鬼婆挑战，再次向她开火。

好像感觉到那阵杀气，鬼婆今天只是默默地为我添饭。听不到她的骂声，我又寂寞了起来。

这老家伙什么时候才死呢？我很少诅咒别人，但实在为那媳妇不值：大好的青春，就那么在这个小档口埋葬了。婆婆的冷言冷语，大概已成了耳边风了吧？至此，不禁幻想她把我带回家，我们两人拿出利刀，把鬼婆斩成一块块的，扔入锅中，牛杂从此更香。媳妇开连锁店，赚个满钵。这也可写成一篇鬼故事。

回到现实，我祝福她能等到那么一天，鬼婆不在身边，那时她快快活活地一个人卖牛杂，一定会整天笑个不停，永远不会成为第二个鬼婆。

鳗鱼屋野田岩

日本的每一个县、每一个村，都有一家古老的鳗鱼餐厅。只有这个行业做得最持久，也没有什么新店来抢生意。

古色古香的野田岩

东京的鳗鱼店最多，佼佼者有中央区的"竹叶亭"本店、千代田区的"神田川"本店和台东区的"前川"等，但要论最佳，还是港区东京铁塔附近的"野田岩"了。

乘地铁去的话，可坐"日比谷线"，在神谷町下车，或坐"大江户线"到赤羽站，再走几步就能抵达。

整间店像一个江户年代的仓库，掀开门帘走进去，一切古色古香，感觉有如时光倒流。这家店已有一百八十年的历史。

店主叫金本兼次郎，在东京出生，今年八十多岁，是第五代传人。至今他还是早上四点就起床，在店里劏[1]鱼。他的技巧和对后代的教导，让他得到"现代的名工"这个头衔，是政府封的，相当于"人间国宝"。

四十分钟的等待

点了鳗鱼，要等四十分钟才能上桌。金本笑着说："古时候的鳗鱼店，看到客人来到才开始劏鱼。客人喝两三瓶酒，耐心地等，是常事。现在的客人不耐烦，骂道：'要等四十分钟，为什么要等那么久？'我脾气好，只是笑，遇到我老婆，可没那么好脾气，她会回答：'一个客人要四十分钟，你们一共来四个客人，要等一百六十分钟呢。'"

"是要那么久吗？"我问。

"先要把鳗鱼蒸了，再放在炭上烤，待皮和肉之间的脂肪烤到全熟为止，要翻三十六回。一面烤一面淋上酱汁，四次左右。也不是死硬规定，靠眼睛去看，看到颜色漂亮发光，靠鼻子去闻，闻到脂肪滴在炭上的香味够格为止。"

　　我依照古人传统，喝两瓶酒等待。装酒用的瓷瓶套在烫温碗中，有绍兴人的雅致。终于，鳗鱼上桌。

　　先是白烧鳗鱼，白烧也称为"素烧"，也称"志罗烧"。再来蒲烧的，是淋过酱汁的，饭的最上面铺了一层肥美的鳗鱼；挖深一点，另一层鳗鱼藏在饭中。

　　吃进口，满嘴香味，肥腻得不得了，肉质细腻之中带点嚼劲，不像其他店做的那么软绵绵的。

　　"吃起来是不是不同？"金本说，"我们用的是野生鳗鱼。当今日本全国的鳗鱼，有九十九巴仙[2]是养殖的。"

　　"那么难找吗？你们用的是哪里的？"

　　"来自茨城县的霞之浦。我们每个星期跑遍十家批发商，一家有四十公斤，少的时候，只有两三公斤。那种感觉，只有用'孤寂'两个字来形容。"

　　"有没有休渔期？"

　　"有，一月到三月，野生鳗鱼没有供应的，我们也只好用养殖的了。"

　　看到筷子套上写着："天然鳗只在四月到十二月才有，有时鳗鱼肠中会藏着铁钩，食时请小心。"

　　"日本人把立秋前十八天称为'土用之丑之日'，说那天最热，是吃鳗鱼最好的时候。那么热的天气，吃那么

②巴仙，东南亚一带的华人用语，由英语的"percent"音译而来，普通话称为"百分之"。

肥腻的东西，还说对身体好，有什么道理？"我问。

"我也不知道，反正古人那么说，就那么听了。对宣传，是好事。"他笑着回答。

巴黎开店

第一次看到"Nodaiwa"（野田岩），是在日本名人白洲次郎的传记中。吾生已晚，没机会见到这位一早留学欧美的公子哥，只由他的儿子——"东和"公司的老板带去"野田岩"，印象极佳。

"白洲先生还带了很多日本政要和外国贵宾来呢。"金本回忆，"我还以为洋人不懂得欣赏鳗鱼。"

"你最后在巴黎也开了一家嘛。"我说。

"唔，我喜欢法国，一年总要去一次，又爱他们的红酒，我现在在店里存了很多。后来和家里人说要在巴黎开店，他们都以为我疯了！"

"法国的店我也去过，生意不错，鳗鱼从日本运去？"

"不，用荷兰产的。那边湖很多，鳗鱼都是野生的，有时比日本的还要肥大。"

珍味

鳗鱼鸡蛋卷又上桌，碟中三大块，卷在鸡蛋里的鳗鱼很大块，鱼油透进鸡蛋中，下酒一流。接着是烤鳗鱼肠和肝，吃起来爽爽脆脆，苦中苦的滋味用文字形容不出，再来一碟。

"撒点山椒粉吧。"金本建议。

山椒粉就是我们的花椒粉，又麻又有点辣。用日本的新鲜山椒粉来做麻婆豆腐，是一绝。

"还有什么珍味？"

"珍味"是所有鳗鱼店的拿手秘籍，家家不同。金本拿出鳗鱼苗蒲烧，叫"ikada yaki"。那么小的鱼，连骨细嚼，不错不错。

"我在巴黎买了伊朗鱼子酱，可以用鳗鱼包着吃，你试试看。"

的确是珍味！

最后上的是茶碗糕，将鸡蛋与鳗鱼、鱼翅一起蒸，金本说："跟中国人学的。"

酒醉饭饱，捧着肚子走出来。金本亲自送客，远望着我的背影。

"野田岩"从中午十一点开到下午一点半，然后晚餐从五点到十点，星期日休息。

野田岩

◎ **地址：** 东京都港区东麻布 1-5-4

◎ **电话：** 813-35847852

深夜食堂

日本的漫画《深夜食堂》大受欢迎，不但书本畅销，而且改编成的电视剧也一集集地拍下去，电影版也很成功，卷起了一阵热潮。

"介绍一家和深夜食堂一样的东京小馆子给我吧。"朋友常问我。

背景

真的不知道怎么推荐。首先，这一类的食肆只做常客，陌生人走了进去，店主多数不理不睬。别误会，他们不是没有礼貌，而是不知如何应对。去那里的客人多数有什么吃什么，不太有要求；面对一个不熟悉的客人，老板不懂得招呼，也就没有表情了。

而且，最重要的还是沟通问题。如果客人不会讲日语，不懂外语的店主会觉得很尴尬，也很自卑，这是一般日本人的心理。

怎么连几句英文都不会说？当然不会了。你看《深夜食堂》的主人公，脸上有一道很深的疤痕，这象征他是"黑社会"出身的。此等人想改邪归正，又没什么求生本领，就开间小馆维持生计。

剧本中有很多小故事，但都没谈到店主本人的出身。这些店主都是静默的，不想透露以往的旧事，也不想别人追问，所以故事情节里从来没讲到店主的背景，这是对人物的尊重。如果有这种情节，那么也一定是一段动人的故事，留待作者在完结篇时叙述吧。

有了"黑社会"背景，这些人在新宿、涩谷等较为复杂的地区开店，也没有人敢来打扰。虽说日本"黑社会"已转做正行，但仍有变相的敲诈。比如，如果你卖的是拉面，那么他们会推销给你低价买入、高价卖出的面条或其他食材等。当个小贩，日子也不容易过的。

"那当地人又怎么去找这些深夜食堂呢？"友人又

问，"你在日本住过一段时间，一定知道答案。"

靠的都是口碑，一个介绍一个。日本人喜欢向人介绍小店，为了炫耀自己也知道这么一家旁人不会去的小店。

夜夜笙歌

我在日本生活时当然也经常光顾这些小店。那时候年轻，不怕晚，不想回家，精力充沛。日本人的饮食习惯是喝酒的时候喝酒，吃饭的时候吃饭，通常收工后不是约一班同事，找个便宜的餐馆喝个痛快，就是应酬了。

当年正是经济起飞的年代，公司有应酬费，可以抵税。所有职员，尤其是做生意的，一定要应酬。每个月，把一堆收据呈上去，上司才知道你勤力；一张收据也没有，会被炒鱿鱼。

有了这个抵税的制度后，晚市兴旺，夜夜笙歌。我当然被很多公司的人请客，大吃大喝。吃饭时不吃饱，喝完酒便觉肚子饿。报不了税的就再到街边去吃一碗便宜的拉面；可以报税的，又去这些小馆流连。日本人把这一行为叫"水商费"，水是生意的意思。在餐厅、小馆、酒吧和高级的艺伎屋的消费，都可以抵税，等于是政府请客，维持了一大班人的生计。当今经济萧条，应酬费已不能抵税了。

次等美食

话说回深夜食堂，在那里吃的是些什么？就算再好吃，日本人也称其为"B级gurume[1]"，次等美食的意思。所以绝对没有什么豪华的食材，小店老板见有什么最便宜的食材就用什么，多数是可以冷藏的、不会隔天就变得不新鲜的东西。

1）Gurume，日语罗马字，美食。

在深夜食堂中出现的都是一般的家常菜式。多数客人的家里没有妈妈煮饭，能尝到家常菜，也十分感动。举个例子，节目中一定会做的是omuraisu，那就是蛋包饭了。做法是分两个锅，一个锅里打蛋浆进去，把锅转了又转，烧成一层蛋皮，另一个锅里放入冷饭，加一些青豆之类的蔬菜，或一些香肠之类的肉类，再加大量的番茄酱，炒得通红，放进蛋皮一包，就是蛋包饭了。

好吃吗？初次尝试，觉得甜得要命，蔬菜少，肉也少，用的米当然也不是新潟的"越光"。那个年代，米是进口缅甸的，称为"外米"，用火来炊饭，当然没那么好吃。

不过吃惯了就喜欢。当年我最讨厌的是什么荞麦面、天津丼、炸虾或猪肝炒韭菜等，现在竟变成了米其林三星厨师出品。人，真是贱呀。

人情味

《深夜食堂》讲的是人情，却巧妙地与食物联系起来，把人物想吃的东西的做法一一重现了一次。如果想看有什么小吃，那么去看《孤独的美食家》好了。

凡是成功的饮食电影或电视剧，还是要靠人情味，而把两者凑合得好的，只有《饮食男女》和《巴贝特之宴》。中国香港版的《深夜食堂》是一部低成本的电视剧，和《权力的游戏》没法比，但也已经尽力去拍了，应该对它宽容一点吧。

「天下美味」

养殖海鱼不只日本在进行，中国香港等地也盛行，一般是在海中建一个鱼栏。大的鱼，养殖的味道当然是比野生的逊色许多。

海中养鱼，一遇天灾损失就惨重，最安全的还是搬进屋里。什么？有没有开玩笑？

不，不，我参观过一个养殖场，它竟然躲在工业区的大厦之中。一个个的大型水槽布满整层楼，里面养着无数的石斑。

养殖的石斑只有手掌那么大，一般海鲜餐厅中的什么什么套餐，用的都是这种货色。反正石斑的肉硬得不得了，养的反而没有那么结实，更有吃头。

在菜市场中看到的鱼，也多数是养的了。黄脚鱲、黄花鱼等，哪有什么野生的？野生的都给人类吃得濒临绝种了。最可怕的还有一种叫"多宝"的比目鱼，被一个透明长方盒子装着，一尾叠一尾的，简直像堆图书了。

还是河鱼或池鱼等淡水鱼可口，人类已养殖多年得到智慧，知道用什么饲料喂养最佳。珠江三角洲的鲫鱼、鲮鱼、鲇鱼等，肥胖起来，绝对值得吃。

① 勤力，粤语，用功，努力。

香港的养鱼场养殖的乌头，要是养鱼人肯勤力①挖池子的话，乌头吃起来就一点泥味也没有。近来乌头已在水泥池中养，更不会有泥味了。渔护署还协助市场推广，养出所谓的"优质鱼"来。

更进一步，他们在鱼塘中养有机淡水鱼，用豆腐渣和黄豆粉喂养，养的多数是鲩鱼和乌头等。

有机鱼宣扬食得健康、油脂较少，但也和有机蔬菜一样，不好吃。河鲜最重要的就是肥了，没有脂肪的鱼，怎咽得下？

吃鱼专家倪匡兄，一遇到劣质的或者养殖的鱼，送入口后就会即刻吐出，说："满口是渣！"

海鱼一养，鲜味尽失，但对从来也不知道野生鱼的年轻人来说，还是没有区别。海洋不停地被污染，再过数十年，野生鱼会死光，全靠养殖。那时即使是老饕，一有鱼吃，也要喊"天下美味"了。

「炒面天下」

炒面的名声，远不如它的哥哥炒饭。扬州炒饭已有人争着去注册，但没听过有地方大肆宣传自己的炒面好吃。

中国炒面

我们最熟悉的广东炒面，其实做得最不精彩，比不上云吞汤面。广东人的炒面，与其说是炒，不如说是炸。用油把面团炸了，再炒一个什么肉丝或海鲜之类的菜，满带着黐[1]黏黏的芡，铺在面上，就叫炒面了。面与配料离了婚，二者无关联，并不美味。

[1] 黐，粤语，粘、黏、缠的意思

早餐，广东人吃豉油皇炒面。没什么配料，下些豆芽而已，面炒得干瘪瘪的，要用白粥来送，怎能称上好吃？有点意思的，还是他们的伊面，但伊面以炆取胜，不入煮炒之流。

在京菜和川菜中，没有什么闻名的炒面，只听过炸酱面和担担面，它们都是捞拌或水煮的。反而在上海出现了"粗炒"，菜名有一个"粗"字，代表面条的粗细。师傅功夫很幼细[2]，炒得非常之出色，尤其是将传统的浓油赤酱发挥了作用。当今以植物油炒之，光彩已暗淡。

② 幼细，粤语，精细

在中国那么多省份之中，福建的炒面算得上是最精彩的了。福建炒面分两大类：白色的和黑色的。前者用鲜鱿、猪肉丝和鸡蛋来炒，加生抽调味，面条炒得非常软熟，是下了高汤来煨的。福建炒面的特色在于懂得上盖，将配料的汤汁逼入面中，让二者结合，进而炒出香甜的面来。这是别的地方的人不懂得的烹调艺术。

至于黑色的炒面，着重于使用猪油和香浓的老抽，配料以猪肉为主，也下点海鲜，还有大量的猪油渣，咬到之后口中香喷喷的，吃过一定上瘾。

面条用的不是在一般市场中能买到的黄色油面，而是切得较粗、有点起角的，需特别定做的油面。油面呈黄色并非因为加了蛋，只是加了吃了无害的安全色素罢了。碱水加得倒是很多的，这样的油面个性强烈、富有弹性，绝非北方不加碱水的白色无味、软绵绵的面条可比。

福建的白色的炒面传到台湾地区，在街头小食摊都能尝到这种传统的小吃，而且味道甚佳。

南洋炒面

黑色的炒面传到南洋，在吉隆坡发扬光大。到茨厂的"金莲记"去看师傅怎么炒，方法如下：

大锅下猪油，下蒜蓉爆香。将面条入锅，一干即淋高汤，让面吸饱。另一厢，把大地鱼烤熟，磨成粉末。将粉末撒入面条中，一面炒一面撒，这个动作不间断。

把面条拨开，露出锅底，再下猪油。一出烟，即放配料进去，有猪肉、虾、鱼片、腊肠片等，当然少不了猪油渣，兜了一兜。材料半生熟时用面盖上，淋黑酱油，混在一起，再下韭菜、高丽菜和豆芽，这时上盖，炆一两分钟。

等汤汁煨入面条中，打开盖，再翻炒数下，即大功告成。一碟碟香喷喷的炒面上桌，让人百食不厌。

面炒得最拿手的还有从前联邦酒店对面那一个大排档，叫"流口水"，可惜已不存在了。

当然，南洋还有用新鲜的血蚶来炒面的，但多数是与河粉一起炒的，已不完全算是炒面了，方法在此不提了。

到南洋来的很多是福建人，所以炒面也成为南洋当地饮食文化重要的一部分。印度尼西亚人和马来人都叫面条为 mee，从发音上已知面条不是他们原有的。印度尼西亚的 mee goreng（*印度炒面*）炒得很出色，与他们的炒饭 nasi goreng（*印尼炒饭*）同样成为国际酒店中必有的一道菜。

去了印度，发觉他们并没有炒面，但是移民到南洋来的印度人也爱上了炒面，有一套他们独特的做法：

面条炒熟，淋上红颜色的咖喱酱，配料则是从羊骨周围削出的碎肉、西红柿、马铃薯、豆芽等，有时也加个鸡蛋。炒时要用镬铲把面条切断，叮叮当当地发出声音。炒成的面味道不错，很特别。

冷面和日本炒面

制面的技术传到了朝鲜半岛，断掉了。他们的面不用面粉，而是用马铃薯粉，面条非常韧硬，做成冷面吃，很流行。尤其是朝鲜，冷面做得好，但多数是汤面，没有炒的。

面传到了日本，他们用荞麦粉当原料，做成了他们的荞麦面；用面粉做的拉面，只是在近五十年内才流行起来的。一般的中华料理店中也卖炒面，和广东人做的一样，面先炸过，再淋厚芡，一塌糊涂。如果你要吃类似福建的炒面，那么一定得向侍者说是"yawarakai yakisoba"（炒软面）。他们用大量的豆芽和高丽菜来炒，猪肉很少。吃时下一小匙黄色的芥末。面虽无甚味道，但芥末攻鼻，让人留下印象。

意大利炒面

面条由马可·波罗带到欧洲，于是意面流行起来，但也不炒，只是渌③熟后拌肉酱罢了。西餐中从无炒面出现，唯一的例子，是看到意大利人炒面，用的竟然不是一个锅。

③ 渌：粤语。用水煮东西。

他们把面渌个半生熟。另一厢，将一块大如砧板的芝士中间挖得凹进去，像一个镬一样。将热面放入其中兜炒，芝士化掉，混入面条中。这种炒面，确有其巧妙之处。

炒面的秘诀

我们在家里，汤面吃厌了，也可以自己炒面来吃。其实做法并不复杂，买点油面回来，家中吃剩了什么菜，都能作为配料来炒面。

秘诀在于把面条炒得有味道。我的方法是开一罐"史云生"鸡汤备用，面一炒干就下汤，或者打一两个生鸡蛋下去，让面条柔软。记得要勤快，不断翻炒，面条才不会结成一团。如果不习惯用镬铲，那么拿长筷子来炒好了。多练习几次，一碟香喷喷的炒面就会呈现在你眼前，不会失败的。

鲤

秋天到，是吃鲤鱼的时候了。

不可不知

① 游水鱼，粤语惯
用语，指饲养在鱼
缸中、还活着的淡
水鱼。

香港人虽说喜欢吃游水鱼①，但对活鲤敬而远之，认为它不是海鱼，吃起来有泥土味。又传说鲤鱼有毒，孕妇不宜吃，更加没什么人去碰，菜市场中也罕见了。

一向听老人家说肇庆的鲤鱼最好，没试过。直到二十世纪六十年代末期，在"裕华国货"的食物部看到一尾，貌无奇，身略瘦，也买回来养。烹调时肚子一剖，鱼卵涌了出来，至少有整尾鱼的三分之二的重量，才知厉害。清蒸，肉香甜无比。肇庆鲤鱼实在好吃。

在餐厅吃鲤鱼，若卖的是死的，那么蒸出来后鱼鳞是扁平的；鱼鳞竖起的，才是生劏的。不可不知。

鲤鱼喜欢沉于江底或湖底，吃的水草带泥，洋人亦称之为"bottom feeders"（吃底的），大家都以有泥味而远之。其实它的生命力很强，食前养个三天不会死，且泥味会尽失。

古代中国人最尊敬鲤鱼了，认为它们可以变成龙。黄河鲤最佳，但只指今河南这一段的鲤鱼。它冬眠前要大量进食，最为肥美了。

为什么叫"鲤"呢？李时珍考："鲤鳞有十字文理，故名鲤。"

鲤鱼脊中一道的鳞，皆为小黑点，从头到尾，不管鱼多大，都是三十六鳞，这是它的独特之处。

友人到了日本，见少吃淡水鱼的日本人，也会把鲤鱼做成生鱼片，扔于冰水之中，让肉结实，称之"koinoarai"（鲤洗），大为惊奇。

其实，日本人只是把中国人吃生鱼片的传统保留下来了罢了。中国古人食鲤,刚开始时用于做脍。《诗经》有云:"饮御诸友,炰鳖脍鲤。"脍,就是吃生鱼片了。

也别以为洋人不会吃鲤鱼,有水稻田的地方就生长鲤。最粗糙的吃法是将鲤去了鳞,斩成一段段的,油炸算数[2]。还是意大利人较有文化,在米兰到威尼斯之间最肥沃的水田中抓到活鲤,就把米塞进鱼肚中,再煮熟来吃,其味极为鲜甜,为人生必尝之美食之一。

当今,法国普罗旺斯一带的湖泊中,也生了很多鲤鱼。法国人每年举行一次比赛,看谁钓的鲤鱼最大、最多,目前钓的最大的一尾是十二公斤。

钓起来后就放生,也不去吃它。法国菜里有关鲤鱼的记载不多。比赛的优胜者也没什么奖状,求满足感而已。

鲤鱼怎么吃

鲤鱼到了唐朝,命就好了。唐朝规定人民不准吃鲤,这和皇帝姓李有关。在唐朝,鲤鱼号"赤鱼军公",钓得即放,仍不得吃,卖者决六十。决六十,打六十大板之意。

宋朝后,鲤鱼又有难了。出了一个宋嫂,很会烧鲤鱼,皇帝吃了她做的鲤鱼后,赐她金钱一百文、绢十匹。此事一传,公子哥儿互相争之。"宋嫂鱼羹"后来被厨子做得

② 算数,粤语,算了,罢了。

愈来愈复杂，最初不过是用旺火灼过，后以慢火煮三四分钟，保持鱼本身的鲜味罢了。

粤人吃的显然只是湖鲤，并无跳龙门的鲤那么活跃，档次不高，做法也只是姜葱焗鲤一类。所谓"焗"，是炸后再焖。鱼给他们那么一"焗"，鲜味就减少了。还是像北方人那样把鲤鱼和萝卜滚汤，比较能吃到原汁原味。

潮州人较能欣赏鲤鱼，通常他们认为要除去鲤鱼的泥味，可用腌制得软熟的酸梅。蒸鲤鱼的时候，把酸梅铺在鱼上，煮汤时也加入酸梅。鲤鱼，过年必食。

鱼肉是其次，潮州人注重吃鱼子。广东人把鱼的卵子叫"春"，精子叫"获"。潮州人认为精子较卵子好吃。

试过之后，觉得二者都有独特的味道。精子香甜之余，有如丝似绵的口感，犹胜猪脑；卵子略显粗糙，亦好吃，可称得上是穷人之鱼子酱也。

四川人也很会吃鲤鱼，他们用豆瓣酱来煮。鲤鱼生性逆水而上，肉中有筋，而筋特别坚韧。四川人是烹鲤高手，懂得在劏鲤鱼时把筋抽掉，这样肉就松化。馆子一遇到熟客，见劏的鱼只有卵子，就把邻桌叫的精子偷来给你一份，精卵同碟上。这世界并没有公平的事。

鲤鱼的吃法变化无穷，有所谓"软熘"的：鱼先用油浸，再和配料一起用糖醋猛火收汁。鱼肉软如豆腐，味道甜中带酸、酸中透咸。

鱼肠、鱼肝和鱼膘也可一起炒，称为"佩羹"。腐烂的吃法是用酒糟腌制，此法在日本琵琶湖边还流传着。

最残忍的吃法没试过，只是听闻。古时开封有个厨子，用一块黄色的蛋丝包裹鲤鱼，油炸鱼身时淋上浆，使蛋丝不离鱼，鱼不离蛋丝。上桌，鱼鳃动而张嘴，菜名叫"金网锁黄龙"，名字很美。但愿此君到了地府，遭阎罗王拔舌，为鲤鱼报仇。

印度尼西亚人在湖边搭了间茅屋，任客人挑选鲤鱼，金色的和红白相间的，多的是，照吃不误。做法是把鱼炸两次，炸到骨头全部松化，蘸辣椒酱来吃，香辣无比。每次经过日本人的锦鲤鱼池，都想起印度尼西亚吃法，恨不得都炸来吃，被骂为野人一名，也笑嘻嘻。

油鱼追咬人的事件，使油鱼成了香港的大明星。它的远房亲戚，住在淡水中的鳗鱼，也成了出名的配角。它们的照片被各报章杂志刊登，一时红遍天下。

谈到鳗鱼，当然要讲一讲日本的鳗鱼饭。今天在报纸上见到一张彩色照片，漆器的饭盒是东洋制造，但是饭盒中的鳗鱼，一看就知道是本地炮制的货色。

首先，日本鳗鱼饭上绝对不会撒芝麻；其次，鱼肉本身是整的两大片，不替客人切开。照片上的鳗鱼饭是适合中国人口味的：加芝麻，味道没有那么单调；鱼肉切开，方便入口。

做日本鳗鱼饭更少不了一种叫山椒粉的粉末，绿色的，没有辣椒粉那么辣，但是食后舌根发麻，又是辣椒粉没有的效果。

吃不惯山椒时会觉得它的味道极为古怪，有点像力士香皂，慢慢欣赏，则发觉它和鳗鱼极为相衬。古人发明的食谱，有一定的道理。

通常，日本人不吃鱼的内脏，鳗鱼例外，但也只限于吃它的肠，肝却弃之。可将鳗鱼肠穿起来烧烤，也可用来制汤。鳗鱼肠苦涩，但越吃越有味道。

日本人说吃鳗鱼可壮阳，在浅草有著名的鳗鱼店，客人吃完去风流，夜宵再吃马肉，他们还相信马肉可解毒。

日本人的早餐

日本人的早餐，以吃饭为主，粥没人喝。在他们眼里，只有生病的人才喝粥。

但也有例外，京都人还是喝粥的，叫"asagayu"（朝粥），用日本米来煮，特别稠，吃时淋上略甜的酱汁，但并不美味。

最典型的日本早餐

最典型的日本早餐，必有一块烤熟的三文鱼——半月形木梳般大，两片有味的紫菜——用来卷饭，一小碟泡菜——通常是两小块染黄的腌萝卜，一碗味噌汤，仅此而已。

老一辈的日本人，还加了几颗很小的酸梅，直接吃会酸死人，要配一小碟糖，蘸一蘸才放进嘴里。这样可以清肠胃，最为健康。年轻人不懂这个道理，当今这种吃法已消失。

豪华一点的，加个生蛋，打在饭中拌着吃。他们不吃煎蛋，温泉蛋也只在温泉旅馆才供应，别的地方吃到的，不过是半生熟的煮蛋而已，与温泉无关。

有时，会多加一小碗纳豆。此物非常纠缠，用筷子打了又打，还是会黐着丝。吃时加点葱粒，另放点黄芥末。

穷困年代的小菜很咸，东西一咸，饭就下得多。最普通的是把鱿鱼切成细条，用大量的盐来渍，便宜。高级一点的便是白饭鱼，分干的和湿的两种：前者加糖腌，又甜又咸，吃上几小尾就能下饭；后者没那么咸，在白饭中挖一个洞，放进去，再淋点酱油，亦是极好。

鱼卵通常是染红的，叫"明太子"，这是高级的了。有些很像明太子的鱼卵，其实是用价廉的鳕鱼卵制成的。有时会将它烤一烤，外层略焦，里面还是生的。

至于蔬菜，讲究时令。春天可能是菜花，夏天多为瓜类或豆类，秋天吃茄，冬天吃萝卜。蔬菜都是用水煮了，上面铺木鱼[1]丝，再淋上酱油，从来不像中国人那样炒来吃。

豆腐不单是用大豆做的，会加芝麻、花生或鸡蛋制成。但最常见的还是汤豆腐，等于用清水煮，吃时像蔬菜一样，上面铺木鱼丝、淋酱油。有些地方吃雷豆腐，那是炒的豆腐渣。

肉类在日本人的早餐中是少见的，最多是一两片火腿，或者是切成小丁的猪肉、牛肉，淋酱油和糖，煮得又甜又咸，吃一点点就下很多饭。

吃鱼的花样可多了，什么季节吃什么鱼。秋天当然要吃秋刀鱼，多数是烤的，很少去煎。也有所谓的"煮鱼"，将比目鱼或肥美的鲭鱼加酱油和日本清酒煮。

温泉旅馆变化无穷的早餐

在温泉旅馆，日本早餐的变化可说是无穷的。若住的是民宿，早餐只有烤三文鱼和味噌汤。不过到了高级旅馆，包早晚两餐的，那顿早餐颇为丰盛。

首先，至少有十几二十道小菜摆在一个大木盘上，捧到你面前。这还不包括烤鱼，因为鱼是现烤现吃的。也有的地方会给你一个小火炉，让你自己决定要烤到几成熟。

[1] 木鱼，晒干的鲣鱼。

另外，早餐中通常会加上当地的特产，比如到了长野县，那边有吃蜂蛹和蟋蟀的习惯，早餐便会加这两样。蜂蛹和蟋蟀多数是用酱油和糖腌制的。长野县也养马，于是拿马肉烤来吃，或者直接给你几片刺身。

京都的泡菜种类最多，任何蔬菜都能腌制。圆形、如橘子般大的萝卜称为"芜"，用红色染料渍之，大的圆萝卜如柚子般巨型，切成无数的薄片，称为"千枚渍"，又酸又甜，很有特色。

北海道的早餐，有大量的刺身，又是鱼又是蟹，种类之多，丰盛得像是吃晚饭。最近日本人也注重起健康来，早餐会供应很多有机的蔬菜。日本有一家高级旅馆，叫"水之謌"，以法国的名牌铸铁锅来炊饭，一人一锅，用最上等的白米炊出，让客人轻闻米香。

到街头上吃早餐，也是一大享受。一大早就让你吃有海胆和三文鱼卵的盅头饭，店里时常烤出又肥又大的 kinki 鱼②，一人一大尾，豪华之至，最后还有用帝王蟹煮的味噌汤呢。

②Kinki 鱼，喜知次鱼。

我很喜欢群马县的温泉旅馆"仙寿庵"，那儿做早餐无微不至，连最常吃的紫菜片也放在一个双层的木盒中：上层放了紫菜，打开下层一看，点燃着一小块炭，原来是用来焙干和烘热紫菜的。

帝国酒店的自助早餐，是全城最佳。从前还供应真正的夏威夷木瓜，当今已不供应，好在其他食物还丰盛。

如果是自由行，找早餐的话，就要去菜市场附近了，那里一定可以找到一两家好吃的。尤其到了东京的筑地，什么生鱼片、拉面、炸猪排、牛杂锅等皆齐全，一定吃得高兴。

再不然，各城市的酒店周边一定有一家"吉野家"，比香港的分店做得好吃十倍，三文鱼定食也有，最好吃的当然是牛肉饭。为什么那么美味？皆因日本的"吉野家"坚持用最好的"越之光"米。单单是那碗白饭和那几片泡菜，已是很满足的一顿早餐了。

邋邋面

近来，我已很少在电视节目上做嘉宾。接到中央电视台邀约，要我去评点中国的十大名面，地点在陕西的咸阳。兴趣来了，说走就走。香港有直飞西安的航班，西安的机场就在咸阳。

十大名面

评点的面都是由电视台选出来的。有北京炸酱面、四川担担面、河南烩面、咸阳邋邋面、延吉冷面、山西刀削面、兰州牛肉面、山东炝锅面、武汉热干面和广州云吞面。

每一个入选名单都会有人不满意，因为他们家乡的面没在名单上。就像《舌尖上的中国》，已把美食搜集得十分周全，但还是有人投诉，这是不可避免的。

菜市场恶补

我自称是个"面痴"，又被别人封为什么专家，其实非常惭愧，我连𰻝𰻝面都没吃过，对这个名字也不熟知。𰻝，是汉字中笔画最多的一个字，一共有六十画，读音为biáng。多数人嫌麻烦，也用罗马字来写。这到底是什么面？

即刻恶补。我要求早一天到咸阳，去试一家又一家的面档，势必把咸阳的面都吃过不可。

翌日一早，我就往菜市场走。没有一个地方的食物比菜市场更齐全的了。

一位妇人在卖手擀面。手擀面和拉面不同，仔细看她制作：先把面压扁，一层又一层，一共十五层，再用一根棍子当尺，一刀一刀地切下去。熟能生巧，每一刀切十五条，大小都一样。面条切宽切细皆宜，看客人的需求。问：多少钱？回答：一斤三块钱。

在另一档见到刀削面，与之前看过的不同，面非常长。刀削面怎能那么长？店里的人说是机器切的。唔，哦，原来是机器刀削面！哈哈，时代进步了！

另有圆面，又叫拉条子；还有八角面，又称细面。还有手擀面、菠菜面、臊子面、二宽、大宽等，任君选择。隔壁的大排档在卖炒面，师傅把锅抛了又抛，一般人没那么大力气，也做不到。炒完配料之后再炒面，最后还要在面上加两颗炒蛋才上桌。动作再快也要做个七八分钟，一碗面才卖八块钱，在香港不可想象。

邋邋面

又上馆子吃面，去的是当地很出名的一家，叫"齿留香"。吃完，除了觉得便宜之外，没留什么印象，但邋邋面总得先吃一下。原来这是非常非常宽的面，宽得像裤带，故亦称"裤带面"。面条那么厚，那么粗，先入为主地认为口感是很硬的，但咬了一口，哎呀呀，居然一点也不硬。一种东西做久了，一定能做出道理来。据说，面条煮的时间还不用太长呢。好吃，好吃，真是服了咸阳人了。

用这种宽面可做成种种不同汤底和浇头的面，最常见的是"西红柿原汁面"，以猪肉、猪骨和西红柿熬制汤底，配料是西红柿、大葱、鸡蛋和青菜。即便在大酒店里吃，一碗面也只要二十块钱。

包管吃遍

这次因为时间关系，有些面没办法尝到。但我还是有口福的，遇到下榻的"咸阳海泉湾酒店"的餐厅总厨李林。原来，他来自广西，常看我的饮食节目。

他对我说："菜单上的面都煮给你吃，菜单上没有的，你只要说出来，我明天为你准备，包管让你吃遍。"

好，来一碗"爽口酸汤面"。用的是不粗又不细的面，配料有鸡蛋、香菜、小葱，再淋上白醋，很开胃，吃得再饱也可以来一口。

"干拌刀拨面"，所谓"刀拨"，也就是刀切的意思；干拌就是我们说的干捞。配有一小碟面酱，另有肉碎、蔬菜丁、豆酱干丁、豇豆角等，拌匀即食，可以吃出面味来，比汤面好吃。

"关中臊子面"的浇头，有炒过的鸡蛋、小葱、胡萝卜、土豆、黄花菜、木耳和肉碎，这就是他们的肉臊子了；汤是用猪骨熬出来的，不管汤多甜多鲜，最后也要加点味精。

"咸阳箸头面"的箸头，是像筷子般粗的面。这个面也是干拌面，配有鸡蛋、豆芽、肉酱和青菜；另有一大碟醋，我是不吃酸的，以酱油代替。

后来又到了另一家餐厅，试了各种已经记不起名字的面条，饱到像西班牙人一样用手势示范：从双耳流出来！

评点

回到当晚的节目。每一种面都请历史学者蒙曼和我分别评点，蒙曼是从学术和历史的角度评点，我则简简单单地评好吃或不好吃。说到炸酱面，我第一次吃是在韩国旅行时，那是五十年前的事了。在中国人开的一家馆子里，点了面就听到砰砰的拉面声，现拉现做，一点也不含糊。当年大家都穷，炸酱面的配料只有洋葱、青瓜和面酱，也都吃得津津有味。当今想起，那是我吃过最好的炸酱面。后来去了山东再试，已加了海参等高级食材。北京通街^①都是炸酱面馆，觉得做出来的面没有山东的味道正宗。

① 通街，粤语，满街，到处。

评点到延吉冷面时，我表示它不应该入围。其实，客观地看，福建的油面也应该入围，它不只在闽南著名，全世界有华人的地方都有这种黄色的油面，其影响力绝对超过用荞麦做成的延吉冷面。

　　小时候要吃牛肉，母亲便到菜市场买个半斤，切片后与蔬菜同炒，肉质时硬时软。但那时牙齿好，什么都嚼得烂。

　　长大后开始接触西餐，牛排当然是第一道菜。一大块肉，煎它一煎，用刀叉切小块放进口。因为没试过这种吃法，所以觉得很过瘾，但一餐饭也只有这一种肉，也是单调。

　　学了英文之后，才知道英国人的阶级观念不只在态度上有区分，连字眼也有严重的区别："beef"这个词是指牛肉中较好的部位；而下等的则以"ox"称之，比如"ox-tail"（牛尾）等。当然，那个年代的英国菜是极粗糙的，牛尾做得好的话，比背脊之类的部位还要好吃。

韩国人最会吃牛肉

留学年代到了韩国，更欣赏他们的煮牛尾的方法。比如将数十条牛尾洗净，切块后放进一个双人合抱那般大的锅中去煮。除了清水，什么调味料都不加。牛肉在韩国最为高级，旧时只有皇帝、高官才能享用。对这种近于神圣的肉类，当然愈少添加愈好。

整大锅的牛尾煮一夜，翌日装进大碗中，连汤热腾腾地捧上来。桌面上另有一大碗粗盐和一大碗大葱，任客人随意添加。啊，真是无上的美味！

韩国人最会吃牛肉了，什么部位的肉都吃得干干净净。上等肉刺身，切丝后加上雪梨、大蒜瓣、蜂蜜和一个生鸡蛋拌一拌，不知比鞑靼牛肉好吃多少。

吃生牛肉

传说蒙古人行军时，把牛肉块放在马鞍下，就那么压着，然后将压碎的生肉吃进口，这就是最初的鞑靼牛排。这种吃法传到英国时，变为生牛肉配上洋葱、酸豆和咸鱼，由侍者在你面前拌好，用小茶匙试一口，待味道适合时才整份上桌。

法国人吃生牛肉才不放那么多配菜，就那么把生牛肉放进绞肉机中绞碎，加大蒜，淋上大量的橄榄油就吃起来。曾经看着女友这样做给她的两个孪生女儿吃，总觉得是她嫌做牛肉太麻烦。

整头牛最美味的部分

说到牛排大国非美国莫属。要想吃得过瘾，没有比"porterhouse steak"（上等腰肉牛排）更适合的了。整块牛排，有中国旧式的铁皮月饼盒那么大、那么厚。吃牛排得到得克萨斯州去，那里可以将整头牛烧烤出来。老饕吃的，是一大碟的牛脑。

但美国人到底是老粗，拌着牛排吃的只有马铃薯，不像法国人吃得那么精致。同样吃一块牛排，法国人会在旁边摆着像一个小杯子的东西，那是牛的大腿骨锯出来的，撒了盐焗熟。吃时，用小匙把骨髓挖出，淋在牛排上，才不单调。

牛骨髓可以说是整头牛最美味的部分，可惜每次都吃不够。匈牙利人用几十管牛骨熬汤，后又将牛骨捞出来，让客人任吸骨髓，这才叫满足。

牛内脏

　　吃过牛脑、牛骨髓之后，当然得吃牛内脏。煎牛肝在西餐中最为普遍，意大利人擅长吃牛肚，去了佛罗伦萨，非到广场的小贩摊吃卤牛肚不可。虽说是卤，但放的香料也不多，近于盐水白焓。欧洲的其他国家也吃牛肚，多数将牛肚和西红柿同煮。

小牛腰是道高级的西式菜品，因不去尿腺，只有高手做出来才无异味。六个月大的、不吃草的才叫veal（小牛），肉是白色的，自开始啃草，肉就变红了。

　　除了这几个部分，洋人几乎不会吃其他内脏。他们喜欢的是"sweetbread"，这和甜面包一点也搭不上关系，是小牛的胸腺或胰脏。这是我从来不了解的，也许是因为没有遇到一位妙手。我的好奇心极重，什么食物都要试到喜欢为止，但就是欣赏不来此物，也许是没有缘分吧。

　　其他内脏，到了广东的卤牛师傅手上，都变成了佳肴，包括牛鞭，但他们就是不做牛胸腺，也许和我有共同点。崩沙腩和坑腩也被他们做得出神入化，这个又带肥又带筋又带肉的部位最美味。洋人不会吃牛腿腱，更不知道什么是金钱腱。

鱼和肉永远是好配搭

　　说到神户，这是一个都市，所以根本没地方养牛。每年有一个比赛，由周围的农场把牛送来，得到大奖的多为三田牛，所以在日本说吃神户牛，就知你是外行。日本最好的牛，除了三田牛之外，还有松阪牛和近江牛，其他地区的是不入流的。不过他们只懂得烧烤，因为在他们看来，若是肉好的话，应尽量少用花样。

吃牛的花样层出不穷的还要数韩国人。我认为他们做得最好的是蒸牛肋，用简单的红白萝卜、红枣和松子红烧。差点失传的做法是加墨鱼进去，鱼和肉永远是好配搭，他们懂得。

肥牛

潮州算是一个爱吃牛肉的地方。潮州的牛肉丸一向做得出色，而当今的肥牛火锅也由潮州兴起。

肥牛到底是什么部位？其实有肥牛眼肉，是牛脊中部肥瘦相间的肉；还有上脑肥牛，是牛脊上面接近头部的肉。但不论什么部位，那头牛要是不肥的话，是找不到肥牛的。

在汕头有一家做得非常出色的肥牛火锅，各地火锅店的老板纷纷来求货，但供应当地人已经不够，哪里能满足外地客商。日本人养牛也不过是这百多年的事，却已能大量出口。中国有优良牛种，在这方面多下功夫吧！

我的

最爱

快乐的水

吃意大利菜时，别人喝白酒、餐酒、红酒，我却独爱饮一种叫 Grappa（果乐葩）的烈酒，整顿饭从头到尾，喝个不停。

"那是一种餐后酒呀。"守吃饭规则的人说。

我才不管那么多，自己喜欢就是。

三杯下肚，人就快活了起来。Grappa 不像白兰地、威士忌，至今还没有中文名，我把它音译为"果乐葩"，又叫它"快乐的水"。

受邀

写过一篇关于此酒的专栏。某日接到一位意大利小姐Renza（伦扎）的电话，她是通过"义生洋行"找到我的，说一口标准的普通话，想约我见面。

我也好奇。遇到时她说："我代表一家叫Alexander（亚历山大）的公司，这个叫Bottega（波特嘉）的家族专做Grappa。我很喜欢你翻译的名字，向我的老板山度士说了，他派我来邀请你到我们的酒庄去。"

原来此妹在北京留过学，我向她说："啊，Alexander Grappa，我知道，玻璃瓶中有一串玻璃葡萄，是不是？"

这个酒厂的产品在国际机场中的免税店出售，瓶中的花样，除了葡萄之外还有别的造型，像艺术品，让人留下深刻的印象。

"你开朗的个性和山度士很相像，你们会一见如故的。"她说。

刚好，我有一个旅行团到帕尔马吃火腿和芝士，就顺道到Bottega酒庄一游。我和山度士见面，果然如她所说。意大利人热情，山度士和我像亲兄弟一样拥抱起来。

慕拉诺玻璃酒瓶

在一间露天的餐厅里，山度士把酒一瓶又一瓶地拿出来，加上永远吃不完的食物。当天酒醉饭饱，山度士还不让我们休息，带我去参观他的玻璃厂。

工厂和酒庄离威尼斯很近，只有四十多公里，也承继了威尼斯做玻璃的传统。山度士请了一批著名的 Murano（慕拉诺）工匠在他的工厂大制 Alexander 瓶子。

原以为把一串玻璃葡萄放入瓶中，是一件难事，看后才知奥妙。原来工匠先用烧红的硅吹出一个个的小泡泡，像串葡萄，然后将其放进一个没有底的酒瓶中，趁热时联结在瓶壁上，最后才封上瓶底，大功告成。虽说步骤简单，但制作一个瓶子从开始到完成，也得花四十五分钟左右。每个瓶都由人手工制作，永不靠机器，所以每一串葡萄的形状都不一样。

工匠表演得兴起，再把玻璃液沾上红色颜料，捏成一片片的花瓣，组成一朵玫瑰，连接在瓶中。众人看了都拍掌称好。

果乐葩 Q&A

山度士这次又来到亚洲，带了很多酒和饮食界的友人一同分享。没有喝过的人问最基本的问题："什么叫果乐葩？"

"一般人的印象中，果乐葩是由废物酿成的。是的，用的是葡萄的皮。大家都以为葡萄汁和葡萄肉最好，但我们知道，所有果实的皮是最香的。不管是汁、肉还是皮，混成制酒的葡萄浆，味道是一样的，最后蒸馏出来的烈酒都相同。果乐葩全用皮，香味更重。"

"别的国家没有果乐葩吗？"有人问。

"意大利在一五七六年定下法律，管制非常严格，只有用意大利生产的葡萄在意大利酿制的酒，才可以叫果乐葩。"

"果乐葩有什么好？"这是香港人最关心的问题。

"啊。"山度士笑了，"第一，它是抗忧郁的，喝一小杯，你就快乐。像蔡先生所说，它是种快乐酒。第二，它能对抗坏胆固醇。第三，它能预防心脏病。第四，它可预防胆结石。第五，它帮助消化。第六，一大杯果乐葩，比一小杯果汁的热量低许多。第七……"山度士滔滔不绝地讲下去，我到他背上一拍，他停了下来。

事前，山度士向我说："我们意大利人一开口，就说个不停，你听到我说多了，就在我背上一拍好了。"

很厉害、很好玩的果乐葩

我们这次试过 Alexander 厂的大部分产品，先从汽酒开始。Prosecco（普罗塞克）和香槟的味道相似，Moscato（莫斯卡托）带甜，都是我上次到意大利时喝上瘾的甜汽酒，酒精度只有六个巴仙。

接着开始喝果乐葩，除 Prosecco 和 Moscato 外，还有藏入烧焦木桶的 Fume（富美）果乐葩，酒精度在三十八巴仙。大家发现，这是一种非常适合中国人喝的酒，酒精度有如中国的白酒，但香味更浓，而且喝醉了不会像喝白酒那样，臭个三天。

"还是没有白酒厉害。"有些人说。

山度士又拿出一瓶白金牌的，叫 Alexander Platinum（亚历山大白金酒），酒精度六十巴仙，问你厉不厉害。我们逐一试去，最后结论是酒精度愈高愈好喝。

也非一味是烈，山度士说果乐葩很好玩，可用意大利柠檬的皮，做成柠檬酒，名叫 Limoncino（柠檬果乐葩）用来制造柠檬雪糕和沙葩最佳。另一种 Gianduia（吉安杜佳），用榛子浆和巧克力制成，是做蛋糕的好材料。Fior Dilatte 则是白巧克力酒，而 Rosolio（葡萄干露酒）有浓厚的玫瑰味。

最后，山度士拿出一瓶香水。原来他只是把果乐葩装进精制的香水瓶里，往身上一喷，说："和女朋友幽会，回家前洒一洒，可以消除女人的体香。"

大家都笑个不停。这笑话并非佳作，那是果乐葩的效应。

「南洋水果（上）」

水果，我极度喜爱。一有喜爱，必有偏见，不可避免。

我认为水果应该是甜的，所以你若对我说这种水果很好吃，不过带酸，或者酸一点才好吃呀，我不以为然。吃水果一定要吃甜，要酸嘛，嚼柠檬去！

当然，地域对水果的影响很大。我是在南洋出生的，所以偏爱热带水果。而热带水果之中，榴梿称王。

上瘾

数十年前，我来香港时，榴梿并不流行，只有在尖沙

咀的几家高级水果店可以买得到，不像现在满街都是。在南洋住过或常去旅行的阔少懂得欣赏，买来吃后，剩下的分给家里的顺德妈姐。渐渐地，培养出一小批榴梿爱好者。

二十世纪六七十年代香港经济起飞后，对香港人来说，最热门的旅游胜地是"新马泰"。这三个地方都卖榴梿，香港人跟着吃上瘾的愈来愈多，那股所谓"奇臭"的气味变得可以接受。后来连香港的超级市场也开始卖榴梿，再后来简直是全市泛滥了。

但当时市场上卖的都是泰国榴梿，它的品种和其他地区的不同。泰国榴梿可以采摘下来，等它慢慢熟了才吃，所以海运到香港也不成问题。而马来西亚的，是熟了掉下来才可以吃，而且只可保存一两天，如果壳裂了，味道走失，就无人问津了。

猫山王

马来西亚榴梿的味道不仅比一般的泰国榴梿的味道浓郁，而且富有个性，一试就分辨得出。香港人嘴刁，于是马来西亚的"猫山王"就流行了起来，一个要卖到五百元港币。

这股风气传到内地去，内地的人也大兴吃榴梿，但还停留在吃泰国榴梿的阶段，而且不怎么会吃。在水果店卖的，有许多榴梿已经裂开，人们也照买、照吃不误。不过"有闲阶层"渐多，大家也开始吃"猫山王"了。

兴起吃"猫山王"的风气，原因有三个，其一是已研发出可以保存一个星期不裂开的品种；其二是名字取得好，有"猫"，又有"王"，好玩又好吃。

其实，马来西亚榴梿的品种愈变愈多，比如"D24"、"红虾"等等。当今又有叫"黑刺"的，说是最好的。我正在组织榴梿团，到产地槟城去仔细研究一番。

最后一个原因是科技发达，冷冻技术已进步到食物保存几个月也不走味了。当今供应给内地有钱人吃的"猫山王"，已有整颗冷冻的，还有剥了核一盒盒保存的，都不停地往内地寄。

味道不佳

可怜的泰国榴梿，在香港差点被打入冷宫，但刚学会吃的人还是照吃不误。其实有那么不好吗？也不是。只是大家没吃过泰国好的榴梿而已。泰国有种高级的榴梿，在几十年前已售上百美元，那些榴梿树都有专人拿着霰弹枪在树下把守。我吃过，实在是不逊于任何"猫山王"。

当今到泰国去找，也不容易找到。一般在市场买到的都没那么香。而且，泰国本地人有个怪癖，就像意大利人吃意粉那样要求口感，认为榴梿要带点硬的才算好吃。我们不习惯那样的口感，吃进口就皱眉头。

除了泰国和马来西亚，印度尼西亚、越南、老挝、柬埔寨等国，也都出产榴梿。这些地方的榴梿味道不佳，原因：第一，质量不佳；第二，当地人并不十分看重，不像马来西亚人"当了纱笼也要买来吃"。

怎样吃榴梿？

榴梿在什么状态之下才最好吃呢？我们这种叹①惯冷气的香港人，当然是不喜欢温吞吞的，就算是在树下吃刚掉下来的，也觉不如放进冰箱中冷冻一下那么美味。一位马来西亚的友人——钻石牌净水器的老板知道我的偏好，把刚从树上摘下来的最好的榴梿，放进一个大泡沫塑料箱之中，加大量冰，一箱箱运到我面前。啊，那些榴梿，真是惊为天物！

榴梿一冷冻，味道就没那么强烈了，初试的人也可以接受。而且榴梿无论怎么冻，也不会硬到如石头般。选核

① 叹，粤语，享受，慢慢品尝。

小的，冷冻后用利刀切下肉来，一片片，像冰激凌一样，一吃就上瘾。

当今的榴梿变种又变种，味道已没旧时那么强烈。吃完，手用肥皂一洗，冲一冲就没味了。不像从前，吃完三天后手上还留着味。这种情形与当今吃大闸蟹一样。

② 水喉，粤语，水龙头。

想要除味有一个秘诀：叫人拿着榴梿壳放在水喉②下，让水冲过榴梿壳，再流入手中，这样，多强烈的味道也能冲得干干净净。不相信试试看就知道我没撒谎。

张爱玲喜欢吃鲥鱼，恨事就是"鲥鱼多骨"。我们酷爱榴梿者，恨事是"榴梿有季节性"，不是任何时间都有得吃。虽然当今榴梿可以冷藏很久，但也不及新鲜的味美。

③ 当造，粤语，当季。

解决办法是将榴梿拿去澳大利亚种。这个节令与我们相反的国家，最适宜种植榴梿了。我国荔枝不当造③时，从澳大利亚有新鲜的运来。最初并不行，荔枝皮也容易发黑，逐渐变种，现在种出来的已经不错，再过数年，一定长得和中国南方的一模一样。

中国有很多企业家，这个工作由他们去投资、去做好了。我们就等着享受吧。

真人真事

　　我最喜欢说这样一个关于榴梿的笑话：从前的旺角街市，围着一群人。一班意大利游客前来，好奇地挤上去看是怎么一回事。原来大家正在抢购榴梿。八个意大利人一闻，昏倒了六个。

　　这是真人真事，查查二十世纪七十年代的"港闻"，就知道的确发生过这件事。

南洋水果（下）

"果后"山竹

说了"果王"榴梿，非谈"果后"山竹不可。我不太喜欢山竹，因为多数是酸的，真正甜的不多。

山竹的构造很奇怪，尾部的蒂有几个瓣，里面的肉就有几个瓣。不相信的话，下次吃时可以数数看。

它的壳并不硬，双手用力一挤，就能打开，但还是用刀在中间切开较为美观。里面的肉是洁白的，白得很厉害；壳是紫色的，也紫得漂亮。小心别让它的汁沾上衣服，否则洗不掉，但是人们也利用它的这个特点来做染料。

最讨厌的和百吃不厌的

南洋水果中，我最讨厌的是菠萝了。小时候经过一个菠萝园，采摘无数，堆在公路旁任大家吃。没带刀，就那么在石头上摔开了大嚼，吃后发现满嘴是血。原来，菠萝的纤维很锋利，把嘴割破了。从此留下阴影，别说吃，现在一提起，头皮就出汗发痒。真是怪事。

火龙果是近年才兴起的，肉有白色的、红色的，味淡。如果肠胃有毛病，不必吃汤药，吞一两个就行。越南出产的火龙果售价甚便宜，但并不美味。要吃就去买哥伦比亚出产的，皮黄色，肉一定甜。其实这种仙人掌科的水果，欧洲也盛产。在意大利西西里的公路旁有大把，没人要。

摘下，用刀刮掉刺吃进口，香甜无比。

波罗蜜被香港人称为"大树菠萝"，也不只种于南洋。它的果肉甜，爽脆，但有胶质，吃了手黐黏黏。清除的方法是到厨房取一点煤油擦一擦，胶质即除。但现在到哪里去找煤油？

我爱吃的是它的种子，用沸水煮二十分钟，取出，去皮，送入口，口感像栗子，很香，可下酒。

有一种水果较波罗蜜小，但样子一样，叫"尖不辣"。其口感像榴梿，果实也可以煮来吃，较波罗蜜美味。当今已罕见，可能是没有什么商业价值，无人种了。

阳桃又叫"星形果"，酸的居多。腌制后加糖可做成阳桃水，中国台湾人做这个最拿手。阳桃水有股奇特的香味，很好喝。卖得最出名的那家店叫"黑面蔡"。

荔枝在南洋种不出，它是亚热带水果。有和荔枝相近的，叫"红毛丹"，大多数是酸的，个别甜的清爽美味，不过果肉黐着核的硬皮，嚼后觉得口感很差。红毛丹的外壳上长的毛并不硬，有种变成硬毛的叫"野生红毛丹"，果肉软，不好吃。

露菇又叫"冷刹"，泰国产的比马来西亚的多，也很甜，果实半透明，黐核，吃起来没有满足感。但放在冰箱冷冻后一颗颗剥开，让人百吃不厌。

　　罗望子，又称"酸子"，其实不全是酸的。泰国产量最多。新鲜时一串串的，剥开了豆荚般的壳，里面的果实包着几条硬筋，去掉后就可吃其肉，很甜，但核大，吃完吐，吐完吃，味道佳，可吃个不停。酸的罗望子腌制后变成调味品，南洋菜中把它当成酸醋来用。

　　最吃不惯的是一种称为"蛇皮果"的东西，名副其实，其皮像蛇的皮，看了倒胃。但没试过的总要吃一吃，发现虽甜，但有一种不能接受的异味，算了吧，注定与它无缘。

　　样子像乳房的是越南的奶果。菜市场中卖的还是太生，很硬，要揉捏后才变软，剥了皮吃很甜。据说除了样子像，吃它还真的对胸部发育有帮助，所以越南少女的身材都比邻国的好，有兴趣的人可加以研究。我只觉得味道不错，很甜而已。

　　释迦，样子像佛陀的头发。外国人叫它"custard apple"，是因为其口感像甜品中的糕点。中国香港人称之为"番鬼佬荔枝"，其实它与洋人一点关系也没有。长在马来西亚的品种，个头很小；在泰国生长的大一点，更甜。中国台湾人拿去接枝变种，变成西柚那么大，非常甜。冰冻后掰开，可以取出一瓣瓣的肉来，我最爱吃。近年澳大利亚也产释迦。

选购时要看皮的条纹是否清楚，要是平滑了，一定不好吃，而且有怪味；只有一瓣瓣条纹很清楚的，才好吃。

最普通的

南洋水果，最普通的，莫过于杧果和香蕉了。这两种东西也不限分布于南洋，远至印度，甚至中国内地南部，也都盛产。

杧果多数来自菲律宾，早年一箱四五十个才卖一百元港币。引发出杧果甜品潮，像杨枝甘露就是当年流行起来的。菲律宾更有种迷你杧果，叫"钻石杧"，很香。好吃的杧果多来自泰国，有的清香爽脆，刨丝生吃亦佳，做成杧果糯米饭，更是诱人，让人一吃难忘。日本人也爱吃杧果，后来他们自己研发，在较热的九州岛种植，一个要卖一百多元港币。

一般公认为最香甜的是印度亚芳素杧果。中国台湾的土杧，个子虽小，又绿又黄的，长得丑，但也令人吃上瘾来，一买就是一大箱。天热时拿一张报纸铺在地上，再来一盆水，一把刀，将杧果一面削皮一面吃，吃个不停，最后流出的汗也是黄色的。

香蕉的种类更多了，大大小小，各种颜色。我吃过红如火的。小的香蕉像拇指，皮不直着剥，而是横向撕开；大的香蕉，真是名副其实的"香蕉船"，三英尺[1]长，要拿勺子挖来吃，其核如胡椒，吃完吐得满地都是。

因为香蕉太普通，也吃得太多，所以我当今已少吃了。偶尔回到南洋，见有印度人在街边卖炸香蕉，买一条来吃，并不美味，怀旧一番而已。

[1] 英尺，英美制长度单位，1 英尺合 0.3048 米。

葡萄吾爱

对在物资短缺的年代长大的我来说，葡萄是一种珍贵的水果，能尝到已感幸福。在电影中看见，罗马人躺在浴池边，仰起头，把一大串的葡萄塞进嘴里，当时的反应并非羡慕，而是疑惑：葡萄核怎么办，不必吐出来吗？

葡萄的版图

长大后，才知葡萄分有核的和无核的，后者有三类：Thompson Seedless（汤姆逊无核）、Russian Seedless（俄罗斯无核）和 Black Monukka（无核紫）。

Thompson Seedless 源自土耳其的 Sultana（无核小葡萄）种，黄绿色，最甜了。

葡萄在各地都有种植，澳洲就有不少。有时就在树上直接晒成葡萄干，高级得很。

葡萄属爬藤科，需靠支架长成，种植也可通过接枝的方式，所以有没有种子并不要紧。但当今也有许多种类的葡萄，是把种子削去一部分，混入其他类型的种子培植出来的。

葡萄的历史可以追溯到公元前数千年。有葡萄就能酿酒，在古迹和壁画中都能找到葡萄的种植和酿造痕迹。凡是四季分明的地区皆出产葡萄，但冬天较寒冷的地方，出产的葡萄更茂盛，口味也更甜。中国的河北和新疆，都是理想的种植区域。

《本草纲目》中记载："葡萄，《汉书》作蒲桃，可以造酒，入醺饮之，则陶然而醉，故有是名。其圆者名草龙珠，长者名马乳葡萄，白者名水晶葡萄，黑者名紫葡萄。《汉书》言张骞使西域还，始得此种……"

所以中国的葡萄是外来输入品种，最原始的种应该是中东的，后传到欧洲去。罗马帝国但凡扩张领土，必种葡萄来酿酒，可见葡萄版图之大。

吃葡萄，当然选最甜的

葡萄也不是完全甜的。从前的人烧菜，甜味取自葡萄的糖分，而酸味亦从葡萄中取得，后来才被廉价的醋代替。如果我们追求完美的做法，就应该寻回葡萄的酸性来入馔。

我吃葡萄，当然选最甜的。个头最大、味道最香、果肉最脆、糖分最高的，首推来自日本冈山的 Muscat of Alexandria（亚历山大麝香），是用最甜的品种，改良又改良而成的。而 muscat 这个词，也可以代表最甜的葡萄，延伸至 Moscato、Moscatel（麝香葡萄）、Muscatel（麝香葡萄）等。用这种葡萄酿出来的酒，都是饭后甜酒，像 Moscato d'Asti（阿斯蒂莫斯卡托）。

Muscat of Alexandria 带有浓厚的玫瑰芳香。冈山地区还有其他很甜的葡萄，比如"巨峰"，还有价钱较便宜的 Pione（先锋）。最贵的是新品种"红宝石"，每五百克就要港币三千八百块了，当然是无核的。

不过花那么多钱买葡萄也是吃虚荣心。每年中秋前后，就出现美国产的黑葡萄，也甜得要命。各位请认准，标签上打着"4038"符号的，一定没错，价钱便宜得令人发笑。

最满意的葡萄餐

每年九月中旬到九月底，是葡萄成熟的时节，趁这个季节到欧洲旅行，最为快乐。满山遍野的葡萄，有的绿色，有的红色，有的一片漆黑，有的金黄，都等着被采摘。你尽情去采几串吧，没人理你。

当今，葡萄都以机器收割，通过输送带倒进卡车，送到酒庄，途中，流下一道道的葡萄汁来。也有的小型酿酒厂，坚持人工摘取，召集村中妇女来踏出汁来。这种酿酒厂法国已少，在意大利还是可以找到的。

葡萄收割那一天去葡萄园，等于参加了一个嘉年华。遇到一位少女，她忍不住把几串甜美的大葡萄往嘴里送。我也禁不住照办，但嚼到满嘴的葡萄核，问她怎么不把核吐出来。

"干吗要吐出来，咬烂了吞下不就行了？"她回答，"你没有听过吃葡萄核对身体有益吗？葡萄核还可以榨油烧菜呢！我认为比橄榄油好得多。"

是的，哪有像香港女子那样，吃葡萄还要剥皮的？意大利乡下酿的烈酒Grappa，我翻译成"果乐葩"的，就是用葡萄的皮、枝、茎和核酿成的。那在从前是废物利用，但当今此酒被食家赞赏，已是选最好的葡萄，去其肉，留下其他的来酿酒。

贫穷的年代产生的食物智慧最不可抹杀。我这次在意大利西西里，吃到一块块的黑色酒饼，原来是把酿过酒的葡萄皮捣烂，加大量白糖压制出来的。看着不起眼，只买了两块，吃过后大喜。酒饼的葡萄香味十足，一小片一小片切开来慢慢吃，滋味无穷。

吃新鲜的葡萄最有满足感，而且要够量，吃个不停，才对得起葡萄。从树上采下，相信大自然的干净，就那么吞，最为过瘾。

要是你坚持要洗，用水冲不是办法，教你一个秘诀：葡萄拿回家后，放入一个大盆中，用水浸，同时撒一些面粉，轻揉一下，洗完再用清水冲，最干净了。

葡萄也会生病。在十八世纪有个大灾难，像人类的"黑死病"，差点把全世界的葡萄树都杀死。为了预防疾病，葡萄树的旁边也多种玫瑰，玫瑰开得非常漂亮，一有病虫害花即枯，农民就会赶忙给葡萄杀菌。玫瑰为葡萄献出了生命。

各地的葡萄种植，都是先搭了支柱，让树藤爬过。只有克罗地亚的不同，他们用笔直的大树干，像灯柱一样立着，再从顶部拉下多条绳索，葡萄藤也由此爬上去生长。我在那里拍电影时，恰逢葡萄收获的季节，红色的葡萄长满藤蔓，像一条条的巨蟒。我请果农将绳子割断，将葡萄围着脖子绕了几圈，学傻瓜吃大饼，就那么咬着嘴巴前面的葡萄，一口一口吞下，移动一下绳子，再大嚼。葡萄甜汁浸湿了我的衣服，也不管了，这是人生之中最满意的一顿葡萄大餐。

面痴

南方人很少有像我这么爱吃面的吧？三百六十五日，天天食之，也不厌，名副其实的一个"面痴"。

最喜欢的吃法

面分多种，我喜欢的程度有别，按顺序算来，排第一的是广东又细又爽的云吞面条，第二是福建油面，第三是兰州拉面，第四是上海面，第五是日本拉面，第六是意大利面，第七是韩国番薯面。而日本人最爱的荞麦面，我最讨厌。

一下子不能聊那么多种，集中精神谈面的吃法，按最大的差别可分为汤面和干面。若从这两种中选，我还是喜欢后者。我一向认为，面条一旦浸在汤中，就逊色得多；干捞来吃，下点猪油和酱油，最原汁原味了。

面渌熟了捞起来，加配料和不同的酱汁，搅匀，就是拌面了。捞面和拌面，皆是我最喜欢的吃法。

广东的捞面

广东的捞面，有一种什么配料也没有，只加最基本的姜丝和葱丝，叫"姜葱捞面"的，我最常吃。豪华一点的，加点叉烧片或叉烧丝，我也喜欢。

捞面的变化诸多，以加柱侯酱的牛腩捞面、加甜面酱和猪肉的京都炸酱面为代表，其他的还有猪手捞面、鱼蛋牛丸捞面、牛百叶捞面等，数也数不清。

有些人吃捞面的时候，吩咐老板说要粗面，我却要叮嘱，给我一碟细面。

广东人做细面，是将面粉和鸡蛋搓捏，又加点碱水，再以一杆粗竹，在面团上压了又压，才够弹性。压面条用的是阴力，和用机器制作不同。

碱水有股味道，讨厌它的人说是像尿味，但像我这种

喜欢吃的，便觉面不加碱水就不好吃了。所以，爱吃广东云
吞面的人，多数也会接受日本拉面，因为两种面都加了碱水。

凉面和拌面

　　北方的凉面和拌面，与捞面相似。虽然他们的面条不
加碱水，缺乏弹性，又不加鸡蛋，本身无味，但经酱汁和
配料调和，味道也不错。

　　最普通的是麻酱凉面，面条渌熟后垫底，上面铺黄瓜
丝、胡萝卜丝、豆芽，再淋芝麻酱、酱油、醋、糖及麻油，
最后还要撒上芝麻当点缀。把配料和面条拌起来，夏天吃，
的确美味。

　　日本人把这道凉面的做法学了过去，面条用他们的拉
面，配料略同，只是多添点西洋火腿丝和鸡蛋，加大量的
醋和糖，酸味和甜味很重，吃时还要加黄色芥末调拌，我
也喜欢。

　　初尝北方炸酱面，即刻爱上。当年是在韩国吃的，那
里的华侨开的餐厅都卖炸酱面，点了一碗后就从厨房传来
砰砰嘭嘭的擀面声，拉长渌后在面上加点洋葱、青瓜以及
大量的山东面酱，仅此而已。当今物资丰富，有些地方的
炸酱面还加了海参粒和肉碎、肉臊等，但都没有那种原始

的炸酱面好吃。此面也分热的和冷的，基本上是没汤的拌面。

四川的担担面我也钟意[1]。我在南洋长大，吃辣没问题。担担面本应该是辣的，传到其他地方变了味，像把它阉割了，缺少了强烈的辣，只放大量的花生酱，就没那么好吃了。每家店做的都不同，有汤的和没汤的都有卖。我认为干捞拌面的担担面才正宗，不知说得对不对。

① 钟意，粤语，喜欢。

意粉

所谓意粉，那个粉字应该是面才对。意大利的拌面煮得半生不熟，要有嚼头才算合格。到了意大利当然学他们那么吃，可是在外地就别那么虐待自己了，面条煮到你喜欢的软熟度便可。天使面最像广东细面，酱汁较易入味。

最好的做法是用一大块帕玛森芝士，像餐厅厨房中那块又圆又大又厚的砧板那样的，刨去芝士中间的部分，把面渌好，放进芝士中，乱捞乱拌，弄出来的面非常好吃。

韩国冷面

韩国的冷面分两种，一种是浸在汤水之中，加冰块的番薯面，上面也铺了几片牛肉和青瓜，没什么味道，只有韩国人特别喜爱，他们还说朝鲜的冷面比韩国的更好吃。另一种是我喜欢的捞面，用辣椒酱来拌，也放了很多花生酱，香香辣辣，刺激得很，吃过才知好，而且会上瘾的。

可笑的《凉面与拌面》

南洋人喜欢的是黄颜色的粗油面，也有和中国香港的云吞面一样的细面，但味道不同，自成一格。马来西亚人做的捞面会放黑漆漆的酱油，本身非常美味，但近年来模仿香港面条，愈学愈糟糕，样子和味道都不像，反而难吃。

我不但喜欢吃面，连关于面食的书也买，一本不漏。最近购入一本程安琪写的《凉面与拌面》，内容分中式风味、日式风味、韩式风味、意式风味和南洋风味。书的最后一部分，把南洋人做的凉拌海鲜面、椰汁咖喱鸡拌面、酸辣拌面、牛肉拌粿条等也写了进去，实在可笑。

天气热，各地都推出凉面，作者以为南洋人也吃。岂不知南洋虽热，但所有小吃都是热的，除了红豆冰之外，冷的东西南洋人是不去碰的。

而天冷的地方，比如韩国，冷面在冬天也吃的，坐在热烘烘的炕上，全身滚热，来一碗冷面，吞进胃，听到嗞的一声，好不舒服。

　　但像我这种"面痴"，只要有面吃就行，哪管在冬天夏天呢。

「雪糕吾爱」

一般，甜的东西吸引不到我，就算是巧克力，也浅尝而已，但一说到雪糕，我就无法抗拒了。

最原始的雪糕

小时候吃的雪糕，大多是从小贩推着脚踏车上买来的。车后架上装着一圆桶，小贩停下车子，用支铁勺往里面挖。探头一看，圆桶壁上有一圈似霜雪的东西，那就是最原始的雪糕了。

其实当时的雪糕，甚为粗糙，像冰多过像糕，但没有吃过其他的，也感到十分美味。

随着生活水平的提高，开始有真正的一块块的雪糕砖。小贩切一片下来，夹着西方松饼，就那么吃。有时，还会以薄面包代替松饼，这是亚洲人独特的吃法。

雪糕的品牌

大公司把小贩打倒，冰室里卖起 Magnolia（木兰花）牌子的雪糕。总公司好像在菲律宾，至今该地还是以此牌子的商品见称。当今这个牌子的雪糕的品质当然比从前高得多，但也不能和美国大机构的比。

后来，大家都去吃 Dreyer's（醉尔斯）的雪糕，认为是世上最好的，但坏就坏在这个名字，太像美国人的。大家认为雪糕还是欧洲的好，欧洲人比美国人懂得吃嘛，便出现了 Häagen-Dazs（哈根达斯）。

其实这个名字原先是取来针对 Dreyer's 的，产品是美国人做的，但名字是要多怪有多怪，欧洲的姓氏中根本没有这些字，尤其是那两个 a，第一个上面还有两点。

这样一来，众人以为 Häagen-Dazs 最为高级。如果肯研究一下，就会发现 Häagen-Dazs 也是出自 Dreyer's 厂，而两个牌子的股份，皆被更大的瑞士跨国机构"雀巢"买去，当今只是挂一个名字而已。

雀巢自己也出雪糕，这就像旺角卖水果的几个摊子，属于同一老板一样，就连在欧洲流行的 MÖVENPICK（莫凡彼），也属雀巢。

雪糕的味道

还是说回雪糕的味道吧。如果有选择，我还是爱吃软雪糕。到日本旅行，车子若在休息站停下，我一定出去买一支雪糕来吃。那种细腻如丝又充满牛奶香味的软雪糕，是神仙甜品，没有一种雪糕可以和它媲美。

口味当然也有变化，得看季节，水蜜桃当造时有水蜜桃软雪糕，或有葡萄、蜜瓜和其他口味的，以此类推，但这些都不如香草味的好吃。所有牛奶雪糕都加了香草，有些高品质的，还用真正的香草豆荚，刮出种子，取其原味。一般的雪糕使用的是人工造的香草。其实，当今的水果味皆如此，还是吃绿茶软雪糕可靠。

做软雪糕需用一个机器，愈大愈精细。看见小型的雪糕器做的软雪糕，就别去碰了。它是将一个硬雪糕放入机器中压出来的，口感非常差。

如果没有软雪糕吃，那么只有接受硬雪糕了。说到硬，是真的硬，冻久了硬得像石头一样。每次乘飞机，不要飞机餐，只向空姐要一杯雪糕，拿来的皆为石头。

我的解决方法是要一杯热红茶、两袋茶包，浸浓后，浇在雪糕上面，待雪糕一化，吃一点，再化，再吃。

有一次到了温泉旅馆，泡后整身滚热，可买来的雪糕还是那么硬，怎么办？见房间里有一个蒸炉，就拿雪糕去蒸。活到老，吃到老，蒸雪糕还是第一次。

Häagen-Dazs 到处设厂，有时也把版权租给当地商家，各商家可以自行生产出不同口味的雪糕，但要得到原厂批准。日本出了一种红豆口味的，非常美味。不过有一种 rich milks（全脂乳）的，牛奶味的确其浓无比，是该牌子的最佳产品，各位去了日本不可错过。

另一种好吃的雪糕叫 pino（品牌名），呈粒状，有各样口味的雪糕馅，包上一层巧克力。小的每盒六粒，大的每盒三十二粒，包你吃完还觉得不够。

除了这些大牌子，私家制作的雪糕千变万化。日本人做的有薰衣草雪糕，味道像肥皂；还有墨鱼汁雪糕，酱油味雪糕，以及茄子味、西红柿味、鸡翅味、汉堡味等。"天保山雪糕博览会"内，有一百多种口味的雪糕。

层次各异的雪糕

还是限量产的雪糕好吃，各地不同，层次各异。吃完了美国雪糕就会追求意大利雪糕，和意大利人说到 ice cream（冰激凌），他们会问什么是 ice cream，我们只知道 gelato（冰激凌）。其实，讲来讲去，也不过是雪糕。

意大利雪糕很黏，土耳其雪糕更黏，是用一根大铁棍去"炒"的。但集各国雪糕大成的是南美诸国，雪糕简直是他们人民的命根，不可一日无此君。

我也尝试过自制雪糕，但当今的私家制造器具还是十分原始，要在冰格中冻半天才能用，清洗起来更加麻烦，制作过程也十分复杂。还是去超市买一加仑[①]大盒的回来吃方便。

① 加仑：英美制容量单位，英制 1 加仑等于 4.546 升，美制 1 加仑等于 3.785 升。

从前的盒装雪糕斤两足够，而大老板雀巢认为成本能省则省。当今的盒装雪糕看起来和旧时一样，但是已缩小了许多，只是让消费者觉察不到而已。

雀巢的雪糕也有好吃的，如 Crunchy（品牌名）也是包巧克力的，我可以一吃一大盒，数十粒。在日本吃软雪糕，一天数个。有一次在北海道，还来一个珍宝型的，七种味道齐全，全部吞进肚中。

"你要吃到多少为止？"常有朋友看到我狂吞雪糕后问我。

　　我总是笑着回答："吃到拉肚子为止。"

夏铭记我至爱

门外已经排起一条长龙，用"铁马"分隔着，人群打着蛇饼①，一圈又一圈地耐心等待。

① 蛇饼，粤语，排队队伍过长而空间不够，以至队伍如蛇盘起般弯曲成一团，粤语称为"打蛇饼"。

老朋友

我们相识三十多年了。从邵氏出来之后，前途渺茫，在亚皆老街的一座大厦中租了间小公寓住下。记得邻居还有缪骞人的姐姐和在片厂里当助手的张之亮，而我们最爱找的，就是这位老朋友。

室内挤满了客人，都想在这里找回从前的记忆。无人喧哗，人们静静地期待。因为大家知道，今天过后，再也找不回来了。

八月底，看到店里贴了一张红纸，上面写着"本店定于二〇一五年九月十五日结束营业，多年承蒙各方友好左右邻里捧场支持，本店同人深表谢意"，自此之后，凭吊的客人不绝，老板和伙计忙到手软。

是的，我说的是"夏铭记"这家店，大吉利是[②]，店主好好地在里面煮面，忙得没有停过。

瘦小的夏藩铭，有一老伴，他亲昵地叫她的乳名秀卿。秀卿是位贤内助，样子有如富贵荣华的家庭主妇，但也日夜看守在店里，从来没有埋怨过一句。

再次走进店里，看到多年来我对这家老铺的宣扬留下的足迹，墙上贴着我为该店写的介绍，另有一幅字，我题着"夏铭记我至爱"。还有一块铜牌，是我在数十年前做来送给我喜欢的店铺的，写着"蔡澜推荐"四个大字。

② 大吉利是，粤语，非常吉祥、顺利的意思，通常是在说了一些不该说的话之后才说的，用来掩盖或是弥补。

高级数百倍

夏铭记的鱼饼是全城做得最好的。每天下午四点钟左右就热滚滚地炸好，一条条好大，布满一盘。切个半条买回家，就那么吃，什么都不必蘸，咸淡恰好。咬了一口，满嘴甜味，是仙人用来送酒的食物。

怎么做的呢？有回跟着夏藩铭到菜市场去，他选了一条巨大的黄鳝鱼，要双手捧着才拿得起，让记者拍照。整条鱼金黄颜色，美到可以放进水族馆的鱼缸里。

除了门鳝，还加九棍、宝刀、马鲛几种杂鱼，打出来的鱼浆味道错综复杂，近乎完美。剁好的肉做成鱼饼和鱼丸，还有薄薄的鱼片，用来包鱼饺。剩下的鱼皮，拿去炸了，爽脆无比，用来佐酒，比什么薯片、虾片要高级数百倍来。

试过就知不同

若嫌酱油和醋不够味道，店里做的"自制原油辣椒酱"也是独一无二的。区分一家面店是广州人开的还是潮州人开的，就是看这种辣酱了。前者用"余均益"牌的带酸辣酱，后者用这种又香又辣的油。

是的，"夏铭记"做的是潮州派的面，潮州面一般要比广州派的面硬，但"夏铭记"例外，没有这种毛病，软硬适中。我们这种"面痴"一试就知分别。

店里除了鱼蛋鱼片面，牛腩牛杂也做得奇佳。最吸引我的，是那碗"四宝"，有鱼丸、鱼饼、鱼饺和猪肉丸，猪肉丸做得弹性十足，味道也好，比得上台湾新竹的贡丸。

四宝上桌，先喝一口汤，你就会发觉潮州人爱放芫荽、葱和天津冬菜。四宝之中，还加了大量的紫菜，在劣等店里可能会吃到沙，但"夏铭记"绝对没有这种毛病。

喝汤时，还可以把刚炸好的鱼皮放进去，即刻变软，但是炸后的香味和口感尚在。这是欣赏鱼皮的另一类吃法，试过就知不同。

没有好食材，再坚持也没有用

最初的店开在胜利道上，后来街中又开了一间热门的鸡饭店，周围铺子开始无理地加租，"夏铭记"也被迫搬到租金较便宜的新填地骏发花园的一个小铺位里。

不久，又听说在另一区开了一家"夏铭记"的分店，是老板的儿子经营的，即刻找上门捧场，发现水平不如父亲，虽然说制品是一样的，但没过多久也就关门了。

在报纸上看到老店即将关门的消息，今天专程驱车前去。见夏先生不理店里生意多好，自己专心在面档后面，头也没时间抬起。我本来不想打扰他，但店里的人告诉他我来了，他就放下围裙，追了出来，和我聊了几句。

"老客人知道吃不到鱼饼、鱼丸，就来买辣椒油，一买就八百罐。我不管多忙，也会做给他们。"

"做了那么多年了，享享清福也好。"我说。

夏先生有点感慨："到底是七十八岁了。"

"当今这种年代，其实八九十也不算老。儿子不肯接班吗？"

"没心去做，是做不好的。"他摇头，"另一个主要的原因是，好的鱼买不到了。你上次跟我到市场去看到的门鳝，从前不值钱，现在给多少钱也没有了，都吃到绝种了。没有好食材，神仙也救不了，再坚持也没有用。"

"'夏铭记'这块招牌，卖给别人最少也值几十万。"

"算了，带进棺材吧。"他说。

从前大人和老师都说骄傲不是好事，我在他脸上看到的，是早一代人的那种自豪，就算说是骄傲，也是应该的。

「一个完美的蛋」

我这一生之中，最爱吃的，除豆芽之外，就是鸡蛋了。一直在追求一个完美的蛋。

但是，我却怕蛋黄。这是有原因的。小时候过生日，妈妈焓熟了一个鸡蛋，用浸了水的红纸把外壳染红，是祝贺的传统方式。当年有一个蛋吃，已是最高享受。我吃了蛋白，刚要吃蛋黄时，警报响起，日本人来轰炸，双亲急着拉我去防空壕。我不舍得丢下那颗蛋黄，一手抓来吞进喉咙，噎住了，差点噎死，所以长大后看到蛋黄，怕怕。

只要不见原形便不要紧，打烂的蛋黄，我一点也不介意，照食之，像炒蛋。说到炒蛋，以下是我们蔡家的做法：

用一个大铁镬，下油，等到油热得生烟，就把打好的蛋倒进去。在打蛋时已加了胡椒粉，因为炒的时候已没有时间撒了。鸡蛋一下油镬即搅之，滴几滴鱼露后就要把整个镬抬高，离开火焰，不然鸡蛋会老。不必怕蛋还未炒熟，因为铁镬的余热会完成这个工作。这时炒熟的蛋，香味喷出，不必加其他配料。

蔡家蛋粥也不赖。先滚了水，撒下一把洗净的虾米熬汤底，然后将一碗冷饭倒进去煮，这时加配料，如鱼片、培根片、猪肉片等，猪颈肉丝代之亦可，或者冰箱里有什么便放什么。将芥蓝切丝，丢入粥中，最后加三个蛋，搅成糊状即成。上桌前滴鱼露、撒胡椒、添天津冬菜，最后加炸香的干红葱片或干蒜蓉。

成龙家的蛋

有时煎一个简单的荷包蛋，也见功力。和成龙一块在西班牙拍戏时，他说他会煎蛋。见他下油之后，即刻放蛋，马上知道他做的蛋一定不好吃。油未热就下蛋，蛋白一定又硬又老。

煎荷包蛋，功夫愈细愈好。泰国街边小贩用炭炉慢慢煎，煎得蛋白四周发着带焦的小泡，最香了。生活节奏快的都市，都做不到。香港有家叫"三元楼"的，自己农场养鸡生蛋，专选双黄的大蛋来煎，也很特别。

成龙的父亲做的茶叶蛋是一流的。他一煮一大锅，至少要有四五十颗，才够我们一群饿鬼吃。茶叶、香料都下得足，酒用的是 X.O 白兰地。我学了他那一套，到非洲拍饮食电视节目时，当场表演，用的是巨大的鸵鸟蛋，碎的蛋壳形成的花纹，像一个花瓶。

什么蛋好吃？

到外国旅行，酒店的早餐也少不了蛋，但是多数是无味的。饲养的鸡，本来一天生一个蛋，但养鸡人急功近利，把鸡也给骗了。鸡笼里开了灯当白天，关了当晚上，每六小时开或关一次，一天当两天，让鸡生两次蛋。你说怎会好吃？不管是用它们炒蛋还是奄列[1]，味道都淡出鸟来。解决办法唯有自备一小包酱油，吃外卖寿司配的那一种，滴上几滴，尚能入喉。更好的，是带一瓶小瓶的生抽。中国台湾地区制造的"民生"牌"壶底油精"为上选，它带甜味，能将任何劣等鸡蛋变成绝顶美食。

走地鸡的新鲜鸡蛋已罕见。小时候听到鸡咯咯一叫，妈妈就把蛋拾起来送到我手中，摸起来还是温暖的，敲一

[1] 奄列，粤语，omelette 的音译，煎蛋卷。

个小洞吸噬之。现在想起，那股味道有点恐怖，当年怎么吃得那么津津有味？因为穷吧，穷也有穷的乐趣。热腾腾的白饭，淋上猪油，打一个生鸡蛋，也是绝品。但当今生鸡蛋不知有没有细菌，看日本人吃早餐时还是用这种吃法，有点心寒。

虽说鹌鹑蛋的胆固醇含量高，但也好吃。香港陆羽茶楼做的点心鹌鹑蛋烧卖很美味。鸽子蛋煮熟之后，蛋白呈半透明状，味道也特别好。

由鸭蛋变化出来的咸蛋也好吃，要吃就吃蛋黄流出油的那种。我虽然不喜鸡蛋黄，但咸鸭蛋的能接受。但把咸鸭蛋黄放进月饼里，又甜又咸，很难顶[2]，留给别人吃吧。

② 难顶：粤语，受不了，难以忍受。

至于皮蛋，则非溏心不可。香港"镛记"的皮蛋，个个溏心，配上甜酸姜片，一流。

上海人爱吃熏蛋，我则不太爱吃。熏蛋的蛋白硬，蛋黄还是流质的。只取蛋白时，蛋黄黏住，感觉不好。

台湾人的铁蛋，让年轻人去吃罢，我咬不动。不过，他们做的卤蛋简直是绝了。吃卤肉饭、担仔面时没有那半个卤蛋，会逊色得多。

桂花翅

鱼翅不稀奇，桂花翅倒是百食不厌，无他，有鸡蛋嘛。炒桂花翅却不如吃粉丝。

蔡家做桂花翅的秘方是把豆芽浸在盐水里，浸个半小时以上。下猪油，炒豆芽，兜两下，只有五成熟就要离镬。这时把拆好的螃蟹肉、泡过的江瑶柱和粉丝炒一炒，打鸡蛋进去，蘸酒、鱼露，再倒入芽菜，上桌即可。又是一道好菜，但并非完美。

心目中最完美的蛋

去里昂，找到法国当代最著名的厨师保罗·博古斯，我们拍电视节目，要他表演烧菜。他已七老八十，久未下厨，向我说："看在老友的分上，今天破例。好吧，你要我煮什么？"

"替我做一个完美的蛋。"我说。

保罗抓抓头皮："从来没有人这么要求过我。"

说完，他在架子上拿了一个平底的瓷碟，不大，放咖啡杯的那种。碟里滴上几滴橄榄油，用一支铁夹子挟着，放在火炉上烤，等油热了才下蛋，这一点，中西一样。打开蛋壳，分蛋黄和蛋白，蛋黄先下入碟中，略煎熟，再下蛋白。撒点盐，撒点西洋芫荽碎，把碟子从火炉上拿开，即成。

保罗解释："蛋黄难熟，蛋白易熟，看熟到想要的程度，就可以离火了。鸡蛋生熟的喜好，世界上每一个人都不同，只有用这个方法，才能做出你心中最完美的蛋。"

芝士痴士

对芝士的爱好，始自小时候吃的"Kraft Cheese"（卡夫芝士）。那时候还没有一片片包装的，长方形的一大块，吃时要用刀切开。

好吃吗？也不难吃。至少一点也不臭。淡淡的一阵乳味，细嚼起来更香。妈妈说有营养，早上夹着面包吃，一吃十几年。

后来到了欧洲才知道，真正的芝士绝对不是那样的。卡夫的功劳，在于把芝士工厂化，添加了大量杀菌剂，使之就算不放进冰箱也不会坏。这些芝士在"二战"时救活了很多美国士兵。

卡夫原来是一个德国籍的加拿大公司创立的，后来被收购，最大股东竟然是菲利普·莫里斯烟草公司。

当今，卡夫成为世界上最大的食品供应商之一，旗下产品（不出名的不计）有 Oscar Mayer（品牌名）、Maxwell House（麦斯威尔）、PLANTERS（绅士）、milka（妙卡）和吉百利巧克力，连澳大利亚人认为"不可一日无此君"的 Vegimite（维吉麦）也被他们收购。澳大利亚人不懂经营，什么大机构都落到外国人手里。

爱得要命的意大利芝士

到达意大利，邂逅了 PARMIGIANO REGGIANO（帕玛森芝士）。一块芝士数十公斤，像个大鼓，要用尖锤凿开来。吃一口，觉得和卡夫有天渊之别，好吃了几万倍，即刻上了瘾。

上好的餐厅，大厨把那一大块东西搬出来，中间已经凹了进去，像一个中国镬。煮好意粉，放入凹陷内搅拌。芝士沾满意粉周身，和撒上去的香味完全不同，更是让人爱得要命。

原来芝士可以那么香、那么浓！听说 Piedmont（皮埃蒙特）山区的芝士更有味道，即刻赶去。适逢十月底，是出产白松露菌的季节，配上当地最好的芝士，其他东西都不必了。拿来下酒，单单这两种已经够了！真是人生一大乐事。

那里的羊乳芝士，有种叫 ROBIOLA DI ROCCAUFRANO（芝士名）的，象牙颜色，软熟得不得了。谁说羊芝士臭？从这里开始吃，你会吃出另一个羊芝士的世界来。

一吃难忘的法国芝士

在法国，Roquefort d'Argental（罗克福）是一个大牌子，但味道没有想象中那么攻鼻，还是小厂的 Roquefort Carless（芝士名）味道强烈，一吃难忘。

在法国的乡下酒店中，晚餐后拿出来的芝士盘，多不胜数，不知从何下手，这时就乖乖地听芝士大师的介绍了。他们的地位并不亚于酿酒师，芝士大师是他们终生的职业。

试了几种，印象皆不深刻，这时他笑嘻嘻地说："啊，先生，你一定会喜欢这个。"

拿出来的 Livarot（利瓦若），产于诺曼底。中国最臭的臭豆腐也不及它吧？还有一种更厉害，臭到要浸在水中，一拿出来大家都要逃之夭夭。

必选英国蓝芝士

英国人做的芝士还是较为温和，名字叫臭的那几样都一般，只有 STILTON（斯第尔顿）蓝芝士让人记得住。大概因为容易买到，各餐厅皆有蓝芝士，我看到了必选它，其他的不必去揾[1]了。所谓"蓝芝士"，是把青霉菌注入芝士中，发酵而成的。经过处理的芝士一接触到空气就呈绿绿蓝蓝的颜色，并非变坏。

① 揾，粤语，找。

不可不吃的瑞士芝士火锅和板烧

到了瑞士，不吃芝士火锅怎行？正宗的，一定要用两种芝士配合，那就是 LE GRUYERE（格鲁耶尔）和 EMMENTALER（埃曼塔尔）了，别的不入流。这两种芝士味道虽浓，但并不是太过有个性，得加入大量的樱桃烈酒 Hirsh（酒名）才行。

瑞士菜难吃是远近闻名的，我唯一能够接受的是他们的 raclette（奶酪板烧）。把芝士煎成饼状，现煎现吃，吃一块煎一块，要吃多少块都行，直到你喊停为止。叫这道菜时，千万要吩咐侍者把芝士煎得微焦，不然温温吞吞的，不如去吃新疆大饼。其实最佳的，还是把芝士火锅的底刮出来吃，才算美妙。

最喜欢的芝士

偏偏有些友人对芝士一点也没有兴趣，闻之色变。有一本叫 *Fork It Over*（书名）的书，作者 Alan Richman（艾伦·里克曼）说："如果你不敢吃一样东西，那么就更得拼命去吃，吃到知道味道，就不会怕了。"

我一向教友人从吃卡夫芝士开始。在未入口之前，我在上面撒了些糖，他们吃着吃着，也就接受起来，慢慢进入芝士的宇宙。

在成为"芝士痴士"的历程中，我吃过无数的芝士，有些独特的甚至要跑到山中去寻。吃过西西里产的没有牌子的，不是芝士，而是芝士之中的那些肥虫。味道不错，但扮相和感觉始终不佳，试了算数。

每一个痴士都有自己喜欢的牌子，但就像喝酒的人，最后还是回到单一纯麦芽威士忌；芝士痴士的话，最后回到的不是牛奶，而是羊奶。

我最喜欢哪一种？不是法国和意大利的，而是来自葡萄牙的一家家庭式的小厂的。他们用自家养的一群名种小羊的奶生产芝士。制作过程中要加入一种紫色的小花，芝士才能凝固。到那家厂参观时还不知道是什么花，后来才知是蒜头花。芝士制成后形状像个圆形的扁罐头，外面坚硬，吃时需打开硬皮，香味喷出。用匙羹舀出中间软软的液体状芝士，名副其实的水乳交融，毕生难忘。

◎ **地址:** Quinta Velha, Queijeira, 2925, Azeitao, Portugal

「零食大王」

我从小喜欢零食，自称"零食大王"。

蜜饯

我喜欢的零食之中，有两个主角——陈皮梅和加应子，包在蓝色或褐色的蜡纸之中。从前蜡纸常被蜜饯浸湿，变成一塌糊涂。后来改进，先裹一层透明塑料纸。这些零食一干了就不好吃，一定是湿漉漉的，所以粤人亦称之为"干湿货"，亦称"凉果"。

当然也有雪花梅、咸柑橘、柠汁姜、咸黄皮、飞机榄等等。杏脯制成后叫"蟠桃果"，装进一盒画着天女散花图案的小纸盒中，叫"百花魁"。澳门制造的，数十年来包装设计不改动，可以让人怀旧一番。

腌制的仁稔，味道最为独特，但有季节性，非长年可食。"九龙酱园"的一瓶瓶地浸着的仁稔，可当零食，也能蒸肉，我每年必去买一两瓶来吃。

很多蜜饯用大路货充市，卖得非常便宜，但到底吃了不安心，还是到"陈意斋""八珍"等老字号去购买，品质较为可靠。

话梅我也喜欢，它的价钱有天渊之别。最贵的在"么凤"有售，从前已卖到十块港币一粒。黄永玉先生的千金黑妞看过我写的介绍后去买，觉得一点也不好吃，把我骂了一顿。当今每两要卖八十块大洋，一两大的五粒、小的六粒罢了。

至于腌柠檬，还是永吉街的"柠檬大王"的最佳。当今有很多冒牌货，都是学了他们用黄色纸皮袋装着，品质差得远，千万要注意。

一边看戏一边吃

怀念的是昔日看电影吃的零食，那时戏院前总有卖皮蛋甜姜、焗鸡翅和酸萝卜的档口。我必买的是猪肝，用红色染料卤得干瘪瘪的，小贩用一把杧果形的尖刀，将其一片片地切得很薄，再点些辣椒酱和黄芥末，包成一包，我一边看戏一边吃。

在台湾地区生活的日子，看电影之前也到西门町的"老天禄"，或在"日新戏院"前买一包卤鸭舌，另买一瓶难喝到极点的绍兴酒，在黑暗中大吃大喝，差点把刚认识的女友吓跑。

当今已多在家里看影碟了，酸枝椅旁有个木架子，摆满零食。零食都用法国制的橡皮圈密封玻璃瓶装着，不怕漏气。当中必有花生，是在旺角太子道中的"恒新花生凉果"购入的，此店的甜花生天天现炒，非常出色，不可错过。

至于红、黑瓜子，是不宜看电影时吃的。我学不会上海姑娘不看也能嗑的本事，甚至连带皮的瓜子也往嘴里送，吃得满身碎片。但吃剥好的瓜子没有情趣，也非我所喜。

果仁

果仁之中，松子最为高级。开心果从前珍贵，当今大量种植，也不稀奇，但劣质的居多。腰果也便宜了，最好吃的是泰国冬阴功味的，还有抽干的柠檬叶拌着，味道十足，在九龙城启德道的"昌泰杂货店"能买到。

无味的果仁，有点寡，配甜的零食好了，可选中东的蜜枣和无花果干，有家叫"亚里峇峇"的店出售，在高级超市中也能找到。有种杂果，果仁之中掺着葡萄干、甜柠檬片，也不错。夏威夷果能接受，杏仁就觉得太硬了。

杏仁只能吃澳门的杏仁饼，他们那边还有一种叫"猪油膏"的零食，不是你想象中那么恐怖，的确美味。蛋卷的话，还是香港的"德成号"做的出色，但他们产量有限，过年过节要一早预订，否则到门市部也买不到。

甜零食

糖果类，在我心目中并非零食，最不爱什么草莓味、柠檬味的，那些其实一点果汁也不加，只是人工模仿出来的味道。我能吃的，只有苏格兰的牌子 Mrs. Bridges（桥太太）产的，有 Buttermint Softies（牛油薄荷夹心软糖）和 Golden Humbugs（黄金薄荷硬糖），带浓郁的奶油味和淡淡的薄荷香。

巧克力可称得上是零食了吧？可是我并非专家，又不喜黑巧克力，一味选带有牛奶的。有些友人花一生去研究，对于我，吃 COVA（巧克力品牌）三角形长条金纸包装的，已很满足了。当然，北海道的生巧克力也值得吃。

喝了中药，那么苦，总得吃一点甜零食，不然对不起

自己。试过多种，结果发现山楂片最佳，喝一口药吃一片才抵得住。而山楂片之中，"向阳花"牌的最佳。

虾片

一般人看足球，总爱吃薯片，这是我认为糟糕透顶的零食，油腻腻的，吃得喉咙生疮，最低级。要吃什么片的话，还是虾片。

最好的虾片，是印度尼西亚 Ny. SIOK（娘惹）的产品，不过到底售价便宜，用的粉多过虾，炸胀了虽然味道不错，但吃起来还是有"空虚"的感觉。日本"坂南总本铺"的虾片，吃起来每一口都像充满了虾肉，是最高级的。

动物性零食

我们到底是食肉兽，零食如果全是植物性的，吃起来就觉得口寡，所以我做的饭焦，淋了糖浆，会再喷上肉松，吃起来满足感就多了。

较豪华奢侈的零食，当然是伊朗产的鱼子酱，其他地方的都用盐太多，不如把马友咸鱼煎来吃。希腊小岛出产的乌鱼子，用蜡封住，给法国 La Maison Fauchon（店名）食品店卖，是值得吃的。

有时也不必花那么多钱买零食，烤些面包，滴几滴松露菌浸的油，就是最佳零食之一。不然回头去吃陈皮梅和加应子，一乐也。

吃出来的
学问

关于日本茶的一二三事

初尝日本茶，发现有点腥味，不觉得太好喝。在日本一住，便是八年，我对日本茶有了点认识，现在与各位分享。

日本茶分成四种：一、抹茶；二、煎茶；三、番茶；四、玉露。

抹茶

在日本，茶树经多年改良，茶叶的苦涩味减少。茶叶采下之后即刻用蒸汽杀菌消毒，不经揉捻，直接放进焙炉烘干，然后放进冷库，提高葡萄糖含量。

将茶叶从冷库中提出之后切割成小块，放入石磨，碾成茶粉，便是抹茶了。当然，根据抹茶的粗细、香气和颜色，分成不同等级及价钱。

我们一直以为抹茶是日本独有的。其实日本的茶道，完全是抄足^①唐朝陆羽的《茶经》，一成不变。各位有空到陕西的法门寺走一走，便可以看到那里出土的种种抹茶道具，它们和日本当今用的一模一样。所以，如果我们说学习日本茶道，就会被人笑话的。

① 抄足：粤语，抄袭，因寻。

抹茶的喝法（以一人计）是取一茶匙茶粉，准确一点——用两克的茶粉，再用六十毫升的八十摄氏度的水，冲泡十五秒，便可以喝了。

如果依照茶道，便是取了茶粉，放入碗中，加热水，用茶签（像刷子的竹器）搅打十五秒，打匀。讲究一点的，要用茶漉（一种茶筛）来隔掉茶粉中结成一团的茶粉粒子。

但是一般家庭喝抹茶，取一茶匙茶粉入杯，冲不太烫的滚水，便可以喝了。寿司店给你喝的，也是这样做的。

煎茶

煎茶是日本茶中最普通的。以准备一个人到三个人喝的量为例，用十克茶叶，放进茶壶，冲二百一十毫升的八十摄氏度的水，泡六十秒就行。

煎茶的制法是采取茶叶后，将茶叶熏蒸，揉捻，再烘焙。煎茶颜色翡翠青绿，口感甘甜，略有涩味，是最受欢迎的日本茶。煎茶对茶叶的要求不高，制作方法也简单。

番茶

番茶是一个广义的称呼，包括烘煎茶、玄米茶和若柳。

烘煎茶是制茶技术的一种，目的是去掉茶叶中的水分，增加香味和延长保存期限。烘煎茶颜色褐色，用的是茶叶；若用茶茎，则称之为"焙煎茶"。

焙煎茶随意轻松，不分季节。日常饮用时，冲泡之前放进微波炉中一"叮"②，茶味更突出。也可以用来玩：在一个香熏器具中放了焙煎茶，下面点蜡烛，便有阵阵香味，很自然，比精油自然得多。

焙煎茶正式的泡法是用两茶匙茶叶，冲二百四十毫升的水，在一百摄氏度的水温下冲泡三十秒钟，即成。

玄米茶则是日本独有的，绿茶中混合了烘焙过的糙米，冲泡后有绿茶香气，也有米香。像中国人喝花茶一样，

② 叮，广东等地将用微波炉加热俗称为"叮"。

不爱喝的，不当茶。

玉露

最后要说的是玉露。我初到京都，就去了"一保堂"。

在这家一七一七年开的老茶铺中，我们可以喝到一杯完美的玉露茶。什么是"玉露"？是在采收前一个月搭棚覆盖、避免阳光直射的茶，只采新叶，干燥及揉捻后制成的。冲泡玉露是用低温水，正式的泡法是用六十摄氏度的水，有些甚至低到四十摄氏度。

第一回在"一保堂"本店喝，座上有个铁瓶，滚了水，用竹勺取出。怎么样才知道水温已降至四十摄氏度呢？先把滚水冲进第一个杯，再转第二个杯，最后转第三个杯，便可以装入放了十克茶叶的茶壶中。第一泡等九十秒就可以喝；第二泡不必等，将水换了三次杯后直接冲入茶壶，即喝。最重要的是，玉露非常干净，又无农药，第一泡无须倒掉。

第一口玉露喝进嘴中，即刻感觉到，这哪像茶，简直是汤嘛！玉露一点也不涩，有海苔的香气，颜色金色碧绿，含有大量的茶酚，异常美味。从此便上了瘾。

玉露是当今卖得最贵的日本茶。"一保堂"出品的以精美的茶罐装着，外面那张包装纸，上面印着陆羽的《茶经》，是用宋体木板印刷出来的，美到可以裱起来挂于墙上。

当今我在家里，除了日常喝浓如墨汁的熟普之外，就是喝玉露了。

玉露有个特点，不只不用高温泡之，还可以冷泡呢。通常我是抓三小撮的玉露，放进茶盅，再以evian（依云）矿泉水冷泡，等个两三分钟，便可以倒出来喝了，效果比用低温水冲泡更佳。我当今喝玉露都是用冷泡的，君若一试，便知其美味。

关于日本茶的错误观念

关于日本茶，有很多人的观念还是错误的。

购入日本茶叶之后，最好是在开封后三个星期之内喝完。超过了，味道就逊色；再放久，简直不能入口。若不能于三周内喝完，要将茶叶放冰箱保存。

至于日本茶道，那是一件修身养性的事。我们这些都市大忙人，偶尔看人家表演一下就可以了。唐朝之后，中国人虽然发明了茶道，但如今也不肯为之了。

一保堂

◎ **地址：** 京都中京区寺町通二条上ル常盘木町五十二番地

◎ **电话：** +81-75-211-3431

酱油怪

年轻时爱酒，吃菜送酒，喝的白兰地糖分甚高，我也就不爱吃甜的，连白饭也不去碰。近来晚上吃它一碗，也是少饮酒之故吧。

有点酱油，什么都能解决

那么平时吃些什么菜呢？中国人，一定吃中国菜啰。不过我是潮州人，也不一定喜欢潮州菜，对家乡菜的爱好和偏见，我是没有的。一切在于比较，比较之下，是江浙菜较为优胜，所以我喜欢吃宁波菜、上海菜，当然也爱杭州菜。但是杭州菜，也只剩下香港的"天香楼"的值得一吃。到了杭州，一切传统被破坏，餐厅做的菜一点也不像样，连鸭舌头也卤不好，东坡肉更是讨厌地被扎成硬邦邦的一个方块，糊里糊涂地淋上浓酱，不像"天香楼"那样只用花雕去炖、一盅盅用个乞丐瓦钵去盛那么正宗。也许民间还有好的，只是没机会试到罢了。

爱吃江浙菜的另一个原因是它们带甜，我白兰地少喝了，对糖分的要求高了，也能接受浓油赤酱里面的甜味，从前一看到甜东西就逃跑的习惯也改了过来。

　　其他原因，是出外旅行的时间很多，被主人家请客，食物并不开胃，像一上桌就是一盘三文鱼刺身，当然不去碰。其他菜式又没有旧时的水平，我也就不举筷，或者只是浅尝一口。

　　宴席完毕，回到酒店半夜一定肚饿，又懒得叫餐饮部送来那些咽不下喉的食物，所以慢慢地养成了另一种习惯。那就是等到上最后一两道菜时，把剩下的一些打包回酒店，半夜三更睡不着时吃一两口。友人问，菜冷了，怎么吃得下？这我倒没有问题，拍电影的岁月中，有东西吃总让工作人员先享用，自己最后才吃，吃的当然是冷的了。

　　打包的多是几口炒饭之类的，到了北方，来个馒头或大包，不然馄饨或面类也行，把汤汁倒掉，剩下干的，照吃不误。

　　但打包回来的，多数已乏味，这时加点酱油，什么都能解决。我发现酱油对我来说愈来愈重要，身上和尚布袋或行李箱中总有些袋装酱油，常用日本"万"字牌的袋装酱油，或者是那些寿司店送的酱油。

　　寿司店习惯用一个做成小鱼形状的塑料容器装酱油，我家甚多，出门时抓它一把，有需要时救急用。日本酱油有一个优点，就是滚汤和红烧时也不会变酸。

天下酱油，不可胜数

天下酱油之多，真是不可胜数，本来觉得日本酱油不错，但现代人注重健康，酱油愈来愈淡，我已逐渐不喜欢日本酱油。中国的北方人根本不知道酱油是什么东西，连老抽和生抽也不分，最要命的是他们爱上味道古怪的"美极"酱油，拼命模仿，我一闻到酱油中有"美极"味，即刻走开。

对酱油的研究愈来愈深，只要看到有什么新产品，即刻买回来，试了一口不行，就放在一旁。家里什么最多？当然是酱油。厨房中至少有几十瓶，赏味期①一过，就扔掉。我浪费酱油，算是数一数二的了。

① 赏味期：最佳品尝期限，比保质期短。

小时候蘸过一种福建人做的酱青，所谓"酱青"，就是淡颜色的生抽。那种味道，至今不忘。也不是什么昂贵酱油，是平民化的，结果一生追求那种儿时滋味，却再也找不回来。

后来爱上日本酱油，更喜欢各种蘸生鱼片用的"溜"。那是酱油桶底最浓的部分，色浓略甜。买了各种牌子的

"溜"，后来发觉有种古怪的味道，或许是防腐剂的味道？

在台湾地区生活过一段日子，吃切仔面时有各类餸[②]菜，具代表性的有"官连"，那是包在猪肺外的一层薄肉，香港人叫它"猪肺捆"。灼熟后，加上一些姜丝，就蘸着浓得似浆的酱油吃。这种酱油叫"豉油膏"，最好的豉油膏，是遵从古法酿制的"荫油"，台湾西螺地区生产的"瑞"字牌也最好，而且要选"梅级"的。

② 餸：粤语，下饭的菜。

◎ **地址：** 台湾省云林县西螺镇延平路 438 号

📞 **电话：** +886-5-586-1438

后来又找到带甘味的"民生"牌"壶底油精"，用一个 TABASCO（塔巴斯科）玻璃瓶装着，非常美味，那是用甘草来熬制，又加了糖之故。这种酱油在各大超市可以找到。

香港的，当然是"香港酱园"的生抽和老抽最好。

世上最好的酱油

我在内地找好的酱油，经过一次又一次的失望之后，终于找到了"老恒和"生产的"恒和太油"。我可以说，这是天下最好的酱油了！而且这是通过比较得出，非常客观的定论。不过售价不菲，一小瓶二百克的，要卖到人民币二百八十八块。但酱油又不是可乐，你能吃多少呢？

这次由湖州乘高铁到北京，车程四个多小时，火车供应的便当并不开胃。但我有先见之明，早把那些小鱼形状的塑料容器中的日本酱油倒掉，换入"恒和太油"。用"恒和太油"浇白饭，像法国人在餐碟上画画，结果吃出米其林三星级数佳肴的味道来。

当今和"老恒和"谈好，请他们制作小袋装酱油出售。新产品即将推出，各位到时可以一尝，也会明白什么叫作"世上最好的酱油"了。

闲谈酱料

酱油

食物一不咸，就不好吃了。西方人拼命撒盐，我们用豆来加添盐的香味，便是酱油了。

酱油有很多种，中国南方人把色浓的称为"老抽"，淡的是"生抽"。南洋人称前者为"豉油"，后者为"酱青"。去到中国北方就不分别了，北方人用醋多过用酱油，到了餐厅请侍者来一点酱油，拿出来的也是黑漆漆的咸水，并不那么讲究。

日本人用酱油也用得多，吃寿司时一定要蘸，用的是

酱油桶底的那部分，称之为"溜"，色较浓，带天然的甜味。一般家庭用的，则只是大量生产的"万"字牌酱油，它也有好处，那就是用来煮东西时，不会发酸。吃拉面时是不加酱油的，所以你到拉面店，桌子上看不到酱油。

中国台湾人除了吃普通的酱油之外，还吃酱油膏，那是加入粉和糖处理过的一种调味品，非常浓稠，用来点灼熟的东西特别美味。通常以西螺地区出产的最佳，请认清是"瑞春酱油"厂的"正荫油"，指定是"梅级"的方为上选。

醋

再下来就是醋了。有时没有酸味的刺激，胃口就不振，尤其是以醋作为饮品的镇江人，不可一日无此君。任何谷类或果实都能够制成醋，还有一句"酿酒不成便为醋"的古话呢。最基本的应该是米醋吧？意大利人也注重吃醋，桌子上必有橄榄油和醋，他们对陈醋极为讲究，一小瓶古董醋，卖价比金子还要贵。

辣酱

辣酱是中国四川人和南洋人的命根，其实墨西哥

人也都吃辣，美国南方人亦好，所产之小玻璃瓶辣酱
TABASCO 风行全球。印度反而没什么辣酱，还是东南
亚的花样多，加盐、加糖、加醋的都有。

近年兴起的是 XO 辣酱，连西方名厨也惊为天物，
将它纳入菜谱之中。大家都承认它是中国香港人的杰作，
也有人说是半岛嘉麟楼最先做的，但我们都知道这是由导
演朱牧先生的太太韩培珠原创的。当年她做来送朋友吃，
从不公开她的秘方。后来大厨纷纷抄袭，但味道远不如韩
女士做的，我们幸好是有福气尝到的一群。

鱼露

很多人以为中国北方人不会欣赏鱼露，但虾油是吃涮
羊肉时的重要作料之一，那就是鱼露的一种。在中国南方，
潮州人最爱用鱼露，他们移民到南洋，把这文化带到泰国
等国家，鱼露更成为越南的"国食"之一了。

原来日本人也用鱼露，秋田的"SHYOTSURU"（品
牌名）最闻名，是用一种叫 hatahata（银鱼）的鱼腌制
而成的。市面上还有各种鱼浸出来的鱼露，其中用甜鱼
"ayu"（鲇）做的最受欢迎，九州产的居多。

西方的酱料

西方的酱料中影响到中国菜的是WORCESTERSHIRE SAUCE（伍斯特沙司），名字太长，通常我们称为"喼汁"，由LEA & PERRINS（李派林）厂制作。这个厂从前是家药水店。这个酱原来是用麦子做的醋，做好后放置多年没人来取，刚要把这桶东西丢掉时拿出来一试，味道好得不得了，从此闻名。中国菜中凡是油炸食物，都可以点这种酱，师傅们还把它发展到各种菜式里去。在日本，吃炸猪排时蘸的酱，也是由这种西方酱料演变出来的。

Ketchup（番茄酱）这个词，西方料理专家都认为是福建人发明的，马来人也用了，后来又传回西方去。番茄酱已成为美国人不可缺少的一种酱料，热狗非加番茄酱不可。其实美国的番茄酱是大批量生产的，加了很多薯粉和糖醋，与意大利人做的天然番茄酱截然不同。Ketchup这个名词留在印尼人生活中，变成"浓酱"的代名词，他们最爱淋的甜酱油，就叫kecap manis（甜酱油）。

热狗中的另一种酱就是芥末酱，美国人吃的不呛鼻，又带甜。最早生产芥末酱的是英国的Colman's（科尔曼），我们都很亲切地叫它为"牛头牌"。芥末酱也用于各种中国菜里面，粤人餐桌上必有一碟红色辣椒酱和一碟黄色芥末酱，还把给客人优惠称为"免茶芥"。闻名于世的法国 Dijon（第戎）芥末，味道是非常温和的。

奶油酱

奶油酱基本上是用蛋黄、橄榄油、醋，加上甜椒、盐、芥末和糖做成的，吃沙拉时已少不了它。用各种蔬菜和水果小方块，加奶油酱拌得一塌糊涂，就是对沙拉的印象了。粤菜的油炸食物中也用奶油酱，台湾人最爱吃的青竹笋上淋了奶油酱，别有风味。

真正的老饕爱吃的奶油酱叫 aïoli（蒜泥蛋黄酱），西班牙的加特兰人做的最正宗：先把大蒜捣碎，在臼子中加蛋黄和橄榄油，就此而已。做时一定要沿顺时针方向捣拌，将橄榄油徐徐加入。他们的家庭主妇做这个最为拿手，但传统是她们不能在月事期间做这种酱料，否则酱料会发得不够均匀。用这种奶油酱来煮海鲜或肉，或者就那么搽面包下酒也行，好吃得不得了。

当今酱料已发展得愈来愈丰富和复杂，而且代表了一个国家的菜。比如加山葵和奶油酱的，就是日本菜；加大蒜辣椒酱和泡菜汁的，就是韩国菜；冬阴功料拌出来的，就是泰国菜；加宫保鸡丁酱的，当然是中国菜。

日本威士忌

当我喝日本威士忌的时候，常被取笑："日本威士忌带点甜，是不是下了'味之素'？"

"是吗？"苏格兰人也说，"日本产威士忌吗？"

是的，日本很早已产威士忌了。他们是一个爱喝威士忌的民族，因为日本除了烧酎之外，高酒精度的酒不多，酒徒们对清酒不满足的时候，只转向威士忌，不像中国人那么喜欢喝白兰地。日本有一个叫竹鹤孝政的人，在一九一八年去苏格兰学习酿造威士忌，又娶了一个苏格兰太太回来，在北海道建立 Nikka[1] 的"余市"威士忌厂。

① Nikka，日本威士忌品牌名。

混合威士忌

在二十世纪六十年代，我还是学生时，那时候喝的"Suntory Red"[2]，是便宜的威士忌，一瓶的容量是正常的七百五十毫升的两倍，故又叫"Double"[3]。这种威士忌只卖几十块港币，大家都喝得起。

酒吧当然不卖"Double"，在那儿就得喝高级一点的。用个四方透明玻璃瓶装的威士忌，也是Suntory[4]厂制造的，日本人很亲热地叫它的小名"角瓶"。好喝吗？比"Double"贵，感觉上已经美味得多了。

在酒吧中卖的最高级的牌子，叫"Suntory Old"[5]，是个全黑色的圆形瓶子包装。能喝到"Old"的，是部长级的人物；到了银座酒吧的高贵客人，至少得来一瓶。

不喝苏格兰威士忌吗？当然也喝。日本人一听到就大叫"洋酒"，好像所有进口的都是最珍贵的似的。若有一瓶"尊尼获加红"牌的威士忌，就不得了了；当年如果能喝到同厂的"黑"牌，那你就是社长级人物了。

单麦威士忌

说来说去，当年的"威士忌"是代表的"混合威士忌"，

② Suntory Red，日本威士忌品牌名。
③ Double，英语，双倍。
④ Suntory，日本品牌名。
⑤ Suntory Old，日本威士忌品牌名。

"Double"也是，"角瓶"也是，"尊尼获加"也是，全是。没有人知道"单麦威士忌"是什么东西。

喝单麦威士忌，是这三四十年间的事。至今，还有很多人没有把这个名字搞清楚。再重复一次，"单"，并非指一种麦，而是"一家酒厂"的意思（混合威士忌可以从很多家厂买酒来沟⑥出自己的味道）；而麦，是指用麦芽发酵提炼，其他谷物做的都不行。

⑥ 沟，粤语，掺和

麦芽酿制又蒸馏出来的威士忌，是透明的，是无味的，要浸在橡木桶之中，陈年之后才有色彩和味道，这是最简单的道理。

日本人喝威士忌，最爱加冰和沟苏打水，叫"highball"⑦。当今年轻人都没听过，那是混合威士忌的喝法。单麦威士忌是不加水的，但偶尔加几滴去"打开"味蕾，有时也只加一小块冰，老酒鬼还是喝纯的。

⑦ Highball，一类鸡尾酒的统称。

日本威士忌酒厂

二十年前我带团去北海道，参观了"余市"酒厂。他们是单麦威士忌的始祖，在酒瓶上用汉字写着"单一蒸馏的麦芽"几个字，好让日本人辨认。当时卖的，一瓶也不过是一两百块港币罢了。

我向客人推荐"余市"时，都被嗤之以鼻，而今一九八八年的已卖到两万港元一瓶了。日本人从零开始，精益求精地把他们的威士忌带到国际舞台当中。而他们的威士忌之所以能形成独一无二的个性，是因为他们开始用自己的橡木造桶，再以北海道的雪水清泉酿制。

Nikka 除了北海道的"余市"之外，还有在仙台的"宫城峡"酒厂，其所产的"宫城峡"也颇受酒徒关注。"宫城峡"酒厂的历史并不算长久，建于一九六九年。竹鹤孝政找遍了全日本，认为仙台的水质最适合酿制单麦威士忌，加上当地的湿气很重，也是酿成独特味道的重要因素。这一家与"余市"完全不同，一切用最高科技来生产，不经人手，产品的水平稳定。十三年的"宫城峡"最好，十二年的值得喝。

日本最大的酿酒厂是 Suntory，从他们的"角瓶""Old"的威士忌开始，经历多年的演变和进步，最后在二〇〇三年国际烈酒博览会上，"山崎"十二年赢得国际大奖，日本单麦威士忌才令人对它刮目相看。

"山崎"已是公司的招牌，同厂的"响"更获得无数大奖。日本威士忌的酿造基础打得很好，最初都用些雪梨木桶来熟睡，不偷工减料。当今的"山崎"十八年最美味，十年的也已经不错，另外同公司的"白州"更是多人爱好。

"白州"有支"Heavily Peated"[8]，喜欢泥煤味威士忌的人不能错过。

"轻井泽"已停止酿造，变成神话了。限量版"命之水"的"轻井泽"是七万八千港元一瓶，现在再去追求已经太迟。如果你想要现在入货的话，那么建议你去买"秩父"，它也是Ichiro[9]酒厂生产的。"Ichiro"以卖日本烧酎起家，是九州岛酒厂的，早年只注重卖他们销量最好的烧酎，不去宣传他们最好的单麦威士忌，现在再用"秩父"来迎头赶上。

这家厂的商品有"Ichiro's Malt & Grain"、"Ichiro's Malt"、"Chichibu Newborn Barrel"和主要的"Ichiro's Malt Chichibu The First"[10]，都是收藏的好对象。

在二〇一五年，香港拍卖的单麦威士忌的最高价是每瓶九万六千港元，价格相当于四十五年前的"轻井泽"。为什么一早不买呢？这和一早不买房地产一样，粤人说"有早知，冇乞儿"（早知道的话就没乞丐了）。乘你现在还喝得起"响"十七年、"竹鹤"二十一年，喝一个饱吧。

⑧ Heavily Peated，日本威士忌品牌名。

⑨ Ichiro，日本威士忌酒厂名。

⑩ Ichrio's Malt & Grain、Ichiro's Malt、Chichibu Newborn Barrel、Ichiro's Malt Chichibu The First，都是 Ichiro 酒厂出品的酒的名字。

「如何高大上地品普洱？」

闲时整理，发现家中茶叶有普洱、铁观音、龙井、大红袍、大吉岭、立顿、富逊、静冈绿茶和茶道粉末，加上自己调配的，应该这一生一世饮不完吧？

以茶解茶

茶的乐趣，自小养成。家父是"茶痴"，他每天一早叫我们四兄弟和姐姐到家中花园去，向着花朵，用手指轻弹花瓣上的露水，每人采一小碟，集中之后滚水沏茶，我对此印象犹新。

家父好友统道叔是位入口洋货的商人，在他办公室中一直有个小火炉，还有一套古董茶具，用来泡工夫茶。我是在他那里第一次看到用榄核烧成的炭的。

浓郁的铁观音当然是我最喜爱的。统道叔沏的，哥哥一早空腹喝了一小杯，即刻脸变青，呕得连胆汁都吐出来。我倒若无其事地一杯又一杯地喝。

老人家教道："喝茶喝醉了，什么开水、牛乳、阿华田都解它不了。最好的解茶方法，莫过于再喝茶。这次要喝的是武夷老岩茶，越老越醇。以茶解茶，是至高的境界。"

舒服到极点

来到香港，才试到广东人爱喝的普洱茶，又进入另一层次。初喝普洱，觉其淡如水。因为它是完全发酵的茶，入口有一阵霉味，台湾人不懂得喝普洱，洱字又难念，干脆称之为"臭普茶"。臭普，闽语中是发霉的意思。

普洱茶越泡越浓，但绝不伤胃。去油腻是此茶的特点。吃得太饱时，灌入一两杯普洱，舒服到极点；三四个钟头之后，肚子又饿，可以再食。

久而久之，喝普洱茶一定喝上瘾。高级一点的普洱茶饼，不但没有霉味，而且饮其泡的茶汤会感觉到滑喉。这要亲自经历，不能以文字形容。

自己调配

想不到在云南生产的普洱，竟在广东发扬光大。普洱的唯一缺点是它不香又不甘，远逊铁观音。

有鉴于此，我自己调配，在普洱中加入玫瑰花蕊及药草，消除它的霉味，令其容易入喉。这一来，可引导不尝茶者入迷，小孩子也能喝得下去。经过这一课，再去喝纯正的普洱，也是好事。

普洱能去油腻，倒是不可推翻的事实。市面上有类似的所谓"减肥茶"，其实是在茶叶中掺了廉价的"番泻叶"，人们喝了会轻微地拉肚子，已失去了喝茶享受的意义。而且，番泻叶与茶的素质不同，装入罐中，沉淀于下，结果茶是茶，番泻叶是番泻叶。你若抓了一大把冲来喝，洗手间去个不停，很可怜。

玫瑰花蕊和菊花一样，存储久了会生虫。用玫瑰花蕊入茶，须很小心。玫瑰花蕊从产地入货后，要经过三次的焙制，方能消除花中所有幼虫；制后须保持花的鲜艳，这也要靠长时间的研究和经验的累积。

买茶沏茶

一般茶楼中所喝的普洱，质量好不到哪里去，有些还是由泰国进口的。当地商人收集冲过的旧茶叶，发酵而成"普洱"，真是阴功[1]纯正的云南普洱，不分贵贱，都有一定水平。

其他茶叶沏后倒入茶杯，过一阵子，茶水会由清转浊，尤其是西洋红茶，不到十分钟，清茶即成为奶茶般的颜色。

普洱永不变色。茶楼的伙计把最浓的普洱存于一玻璃罐中，称之为"茶胆"，等到闲下来添滚水再喝，照样新鲜。

茶庄中卖的普洱，由十几块钱一斤，到数百元一个八两的茶饼，价格不等，任君选择。所谓的绝品"宋聘"，九十九巴仙是假货，能有"红印"牌的三四十年老普洱喝，已是很高级。但是普洱属于大众的日常饮品，太好、太醇的茶，每天喝也不过如此。港币一百元一斤的，已很不错。若每一斤可以喝上一个月，算下来每天只不过是三块多钱，比起一瓶可乐、七喜的价格，便宜得多。

普洱叶粗，不宜装入小巧的工夫茶壶，以茶盅沏普洱最恰当。普通的米通茶盅，十几二十块钱一个；即使买民国初年制的，也只不过是一两百块钱一个。弄个古雅一点的，每天沏茶，眼睛也得到享受。

有许多人不会用茶盅，其实使用原理很简单，胆大心细就是。有过两三次的烫手经验，即毕业。

香港的文化

喝茶还是南方人比较讲究，北方人喝得上龙井，已算及格，但他们喜爱的香片，已不能叫作茶，普洱更非他们可以了解或欣赏的。

普洱已成了香港的文化，爱喝茶的人，数日不接触普洱，便觉浑身不舒服。我每次出门，必备普洱。饭后来一杯，什么垃圾餐都能接受。

移民到国外的中国人，尤其是香港人，怀念起香港，普洱好像是他们的亲人。他们家中没有茶叶的话，一定跑到唐人埠去喝上两杯。

喝起墨汁来

到外地拍电影，我的习惯是携一个热水壶——不锈钢材质的，里面没有玻璃镜胆，不怕打碎。出门之前放进大量普洱，冲水，第一道茶倒掉，再冲，便可上路。在寒冷的雪山中或酷热的沙漠里，倒出普洱与同事一起喝，才明白什么叫分享。

有一次出外忘记带水壶，对普洱的思念也越来越深。幻想下次喝之，必愈泡愈浓，才过瘾。

返港后果然只喝浓普洱，不浓不快。倒在茶杯中，黑漆漆的。餐厅伙计走过，打趣着问："蔡先生，怎么喝起墨汁来？"

谦虚回答："肚中不够嘛。"

松露菌

Truffle 的"松露菌"这个译名非常容易引起误会，大家都以为它是长在松树旁边，故名之的。其实，松露菌生长的地方周围有橡树、柳树、杨树、椴木、铁木和榛树，就是很少有松树。

产量稀少

所谓的"旁边"也有点误解，它和树根共生，但不是根，而是一种菌，不会单独或随地长成，而是需要特别的气候和土壤。代表性的产区有法国的 Perigord（佩里戈尔）和意大利的 Piedmont（皮埃蒙特）地区，在欧洲其他国家也偶尔发现，但数量少到不值一提；而欧洲之外的国家出产的，样子有点像，香味则大为逊色了。

在找寻松露菌的历史上，利用猪的嗅觉去找只是一个很短的时期吧？当今大家都是用狗，绝对没人用猪。大概是当时农民养不起狗，见栏中的猪到处乱嗅，就利用起来。猪不受控制，找到了松露菌会一口吞掉，暴殄天物。狗也会这么做，不过当它们闻到菌即刻高兴得摇尾巴时，主人就会把它们赶走，自己挖出来，偶尔，也要掰开狗嘴，强硬取出。

松露菌分黑色的和白色的，前者以法国产的见称，后者产自意大利。每年从九月到次年的一月为松露菌的生长期，也有夏天产的布根地品种，但香味不足。类似的菌在欧洲各地零星发布，被称为"Bohemian truffle"（波希米亚松露菌）。

松露菌的"露"字，和露水也没什么关系，它们长在潮湿的沙石土壤中，中文的这个译名，害了不少人。

由于松露菌的产量稀少，十八世纪的法国饮食大师Brillat-Savarin（布里亚－萨瓦兰）称之为"厨房中的钻石"。大自然中长不出，就人工养殖呀！Savarin 怀疑过：

"很多学者都尝试破解松露菌种植的谜团，没有一个成功过。松露菌的贵重，也是因为难求呀，一便宜了还有什么稀奇？"

但是还有人不死心，拼了老命种橡树，希望在它的根部找到松露菌。橡树种得多了，也有点收成，但所得的都是次货。当今法国的黑松露菌有八成以上是人工种植的，美国、西班牙、瑞典、新西兰、澳大利亚和智利也有人种，都得不偿失。

这些产品多数拿去浸橄榄油和伏特加。有时在超市的架子上也能找到松露菌油，有的卖得很贵，有的便宜。便宜的根本没有松露菌，只是用人造化学原料模仿的。当今有一家跨国公司专门制造各种味道的东西，一般的橙汁或柠檬糖果都是他们的产品。这个骗局很少人知道，就算顶级的厨师也扬扬得意地用人工松露菌橄榄油，有些人还做成松露菌牛油来搽面包，那也无所谓真假了。

松露菌伏特加倒是用真松露菌的多，浸一两个小的在酒里，因为价高，这种酒不是用来喝的，而是做菜或做蛋糕等甜品的。

说到甜品，有很多名厂的巧克力也叫 truffle，但与松露菌一点关系也没有，只因形状像而称之。

松露菌的吃法

那松露菌到底要多大的才能吃呢？找到的就能吃。有的才和糖果一样大小，乒乓球那么大的，已算是上等货。最大的是一点五公斤的白松露菌，每年都拿到亚洲来拍卖，价值好几百万港币。欧洲人知道亚洲人出得起钱，自己省下来不吃，专卖给暴发户。

能放多久？白松露菌可放七天到十天，黑松露菌比较长命，可保存两三个星期，通常是放在一个装满生米粒的密封玻璃罐子里。

找松露菌的人叫 trifulau，要经过考试才能拿到准证，干这一行通常是家传的。他们必须养一只狗来找，不能用其他动物，且各有他们的范围，不可跨地区去找。

至于为何在晚上出动，那完全是因为找松露菌的人不想别人知道他走的路线。到了白天，路线就是公众的了。

为了真正了解松露菌，我老远地跑到 Piedmont 和 Perigord 这两个产区体验。找菌者多数有他们的副业，比如开餐厅、耕种其他植物或酿私酒等等。基本上他们都是很容易满足的乡下人，有额外收入当然好，没有了也不会埋怨，快乐的日子照样过。

去找的当天若没有成果，回到家里，吃淋了浸着松露菌的油的面包，也是一餐。找到了就吃得豪华一点，油上再削分量很大的松露菌，一点也不吝啬。

更精彩的，是用来煎奄列。大方地将松露菌削去外皮，切成丁，混入蛋中，成品不但有松露菌的香味，还有口感。

松露菌拿到餐厅去的话，我在《米兰之旅》一文中有提过，做法是先包好小云吞，将其在滚水中渌熟，沥干水，放在一块餐巾上，再把当天采获的白松露菌削很多放在云吞上面，将餐巾一包，让味道焖入。上桌时一打开，那种香气，像只有仙人才能闻到。

至于黑松露菌的用法，是先煮熟马铃薯，再把马铃薯挤压成蓉，在热辣辣时削大量的菌进去，就那么拌它一拌，加点海盐和橄榄油，已是人生之中难忘的一餐。

若遇不到时节，或吃不起新鲜的黑、白松露菌，那么可以在高级超市找到松露酱，是意大利 La Rustichella（乐其雅）公司的产品，甚有水平。

买回家后，把干面条在滚水中渌三分钟，捞起，加松露菌酱和一点生抽、老抽，捞它一捞，又是丰富的一餐。

有何可惜？

没有吃过真正松露菌的人总不死心，非亲自尝一尝不可，这种心态可以理解，但没吃到也不必觉得可惜。想起我在印度山上，向煮饭的老太婆说："你没吃过鱼，不知道鱼的味道有多美，真是可惜。"

"没吃过的东西，不去想，又有何可惜？"老太婆慈祥地回答。

另有东坡禅诗一首：

> 庐山烟雨浙江潮，
>
> 未到千般恨不消。
>
> 及至来到无一事，
>
> 庐山烟雨浙江潮。

「味精（上）」

　　最近在微博中，又有网友提到味精是否对人体有害的问题。

　　老实说，我是不怕吃味精的，菜里适量加一点，吃了也没事。不过，我在家里做饭，就几乎不用。像弄即食面，我通常会抓一把虾米或小公鱼干去滚，那一小包味精粉就算最后不加，汤也照样很甜。

　　在餐厅里，厨子都多多少少会加一点味精。我整天在外头吃东西，要是怕的话，早就饿死了。但也不是没有受过老罪的。有一次去台湾省，那里的街头开满小食档，我久未尝那些地道佳肴，左来一碗右来一碗，虽然每碗都是只吃几口试味，但后来还是口渴得要命，鲸吞了几瓶可乐才解掉。

原来那群小贩，像味精不要钱似的，一碗汤做好了就狠狠地下它一茶匙，而我试的就是刚刚溶化的味精水，怪不得中招。这就像广东人说的"领嘢"①了。

说味精无害，但为什么吃了会口渴？这是因为味精中含有谷氨酸，吃多了会导致体温上升、体内的水分蒸发，所以就会感到口渴，要额外补充水分。我那么大量地吃下，当然会感到不舒服。

说到味精，还有人说它是由石油中提炼出来的东西。那真是误解，其实它是由动物或植物体内抽取的。有记载，在八世纪时，古希腊人已学会用鱼露，鱼露所提供之鲜味，和味精的一样，都来自蛋白质中的谷氨酸。

最初的商业味精，是用海带干煮出来的汤汁凝结成的晶体。那是日本的"味之素"公司在一九〇九年研发的，至今已有一百多年了。当今用的味精，都是由植物提炼的。

"味之素"的研究数据显示，一百克食物中若含有零点一克至零点八克的味精，对人体绝对无害，也没有副作用。

但是问他们说有没有做过临床试验，又回答说日本法律不容许以人体做试验，用老鼠，倒是没有任何问题。

我们当然不会问老鼠渴不渴啰，喜欢用味精的人只好姑且听之。而我，还是照吃不误。

「味精（下）」

　　某些人吃了味精，会有敏感症状，这是肯定的。但像也有人对花生过敏一样，原因怎么研究也研究不出来。

　　外国人到中国餐厅去，吃完饭后口渴，就大惊小怪的，称之为"唐人街中国餐厅症候群"。味精的简称为"MSG"，他们已闻之色变了。

　　我的友人桂治洪导演离开电影界后，在美国的墨西哥人区开了一家比萨店。他拼命下味精，顾客吃完了就向他买可乐，结果他赚个满钵。

　　说到墨西哥，我在那边拍戏时，常煮些汤给当地人喝，也下了一点味精。他们看到那一小罐白色的东西，大感好奇，试了一口，大叫"好嘢"①，还问我要资料，说要去找来代理。问他们喝了汤不会口渴吗，大家也摇头。

日前和倪匡兄吃饭，他说他绝对没有对味精过敏的现象，而且还很爱吃。不只他爱吃，他妈妈也爱吃。打仗的时候，她烧菜时还要下很多味精。

"打仗时大家都穷，你们家里买得起味精吗？"座中有位友人问。

"味精是日本人做的，运来中国到处卖，便宜得要死，人人都吃得到。"他回答。

"那么你是从小吃味精吃到大了。"

"是呀，"他点头，"在外头吃饭，我还自己带一小瓶味精呢。"

"哗。"众人都惊叹。

"在家里我也拿出来加。"

"为什么？"

"倪太不喜欢呀！"他笑眯眯地说，"那只有各吃各的了。"

"吃太多总是不好吧？"

"哪有这回事，愈吃愈聪明倒是真的。"

大家看他把卫斯理写得家喻户晓，也就同意他的说法。

　　"不只我吃，我们全家都吃。"他又说。这下大家更信服了：看他妹妹就知道，男爱女，女爱男，写了几十年，还有人看。

蔡氏

厨房

烟熏乐趣

　　从前每次去"天香楼"，最爱点的是他们的烟熏黄鱼，后来黄鱼都吃不到野生的，就转为烟熏田鸡了。

　　原料是进口的，选最肥大、腿部像游泳健将般粗的田鸡。好在冰鲜的味道也不减，烟熏之后更加好吃，熏得像黄金，鲜美至极，百食不厌。

学会烟熏

　　心中明白，烟熏食物不容易做，有这种菜上桌，感觉难得，更加吃得美味。制作过程是怎样的？我这个好奇心极重的人，不弄个一清二楚不甘心。

"只有你，才让进厨房。"韩先生在世时说。

向师傅鞠了一个躬，他开始烧菜。先把田鸡清理，去掉其他部位，只剩下两条大腿。滚一锅盐水，很快把田鸡余了一余，即捞起，整齐地摆在碟中。

取另一个铁锅，把米饭、茶叶和白糖置于锅底，上面弄个架子，放上田鸡，中火烧之。过了三四分钟，绿色的浓烟从锅缝中冒出，师傅说："行了。"

我惊叹："那么快！"

"蔡先生，做馆子的，如果客人叫的每一碟菜都花很多功夫去做，那么是赚不了钱的。"师傅懒洋洋地说。

从此学会烟熏，也不必像餐厅那样弄一个专用的锅，只要在锅底贴上一层锡纸，依法炮制，最后把整锅废料倒掉就是，简单得不得了。

烟熏机

之后什么都拿来烟熏，比如鸡、鸭、猪、牛、鱼、虾等，只要某种原材料吃腻了，就用烟熏来变化，乐趣无穷。真想在家里后院建个特别的烟熏室，才能过足瘾，但在香港这种弹丸之地，还是想想算数。

在厨房中弄个铁桶来烟熏如何？我也试过，向人要了个汽油桶,剪个洞,用来烟熏食物。用这个方法是成功了,但食物上那股汽油味不散,白白浪费了几块大猪肉。

到了东京的"TOKYU HANDS"（东急手创馆）,也买过一个专门的烟熏桶回来,不过是汽油桶的高级版罢了,花了钱心里较为安乐而已。在那里能买到的不只是桶,还有各种不同的木屑,樱木、桃木和苹果木的,还有其他会发出香味的,你想得出,那家店就有得卖①。

① 有得卖,粤语,有货卖,有卖的。

当今,用起来最容易的,还有速成烟熏机。那是个像玻璃金刚罩的东西,把食物放在里面,上盖,有条管通到另一个小火炉,只要将喜欢的香味的木头点燃,浓烟就会输送到罩里。我们透过玻璃看到食物已经熏得金黄带赤的,就可以取出食之。

什么东西都可以烟熏,我看到这个烟熏器,是在一间雪糕店里,原来雪糕也可以吃到烟熏味的。

中外烟熏食物

小时候吃过许多烟熏东西,记忆完全回来了。当年我家厨房就是一个大烟熏机,妈妈把几条肉和几条大鱼挂在炉具上,烟熏个一年半载,才拿下来吃。挂厨房梁上的,还有一两个巨大的鳘鱼鳔。原来这是当药用的,如果有谁的胃出了毛病,用利剪剪下一块鱼鳔,浸水,再以冰糖炖之，就可以即刻痊愈。好在家里的人胃都好，没去吃，挂在那里几十年。最后听说蓝真先生的太太冰姐胃溃疡，就请爸爸寄了过来送给她吃，果然医好。

最初接触到的外国烟熏食物，就是烟熏三文鱼了。三文鱼我不太吃，最多是在日本吃早餐时，吃盐渍后再烤的。刺身有虫，绝对不会去碰，但烟熏后的三文鱼，尤其是大西洋野生三文鱼，是美味的。有人研究，说这种吃法是从印第安人在他们那尖塔形的营帐中烟熏开始的，这说法有点道理，但我还是相信最初这是欧洲人处理吃剩的三文鱼的方式。如果有机会的话，可以尝尝苏格兰的烟熏三文鱼，它们肥得流油，香甜无比，吃过就知是种毕生难忘的味觉体验。

在欧洲，除了烟熏三文鱼之外，最好吃的当然是烟熏芝士了。牛奶的芝士固然佳，但要吃上瘾，得尝烟熏的羊芝士，那种又香又有烟味的混合，是绝妙的。

鸡肉我一向不喜，火鸡更是敬而远之，但是烟熏火鸡可以接受。吃一条火鸡腿，已饱，剩下的肉和骨头拿去炖汤，加大量包心菜，煮到汤都干了，只吃菜，美味也。

另一种爱吃的，是鸡胸肉。用小鸡，每只只取两小条肉，用盐腌过之后烟熏，是很高级的料理，在百货公司地下层可以买到。旅行时肚子饿了，又不想吃大餐，拿出两小条烟熏鸡胸肉啃啃，一流。当然，下酒更佳。

自己做的话，锅底铺锡纸，放进你喜欢的香草（迷迭香和鸡肉很搭配）、大量胡椒粒，其他不必加了。取鸡胸肉，洗净，抹上盐，涂上一点橄榄油，放入锅中。开火，就那么慢慢地等到烟起，上盖，经七分钟，即成。

到了欧洲的食品部，尤其是意大利卖香肠火腿的那种小店，一定可以找到烟熏鳗鱼或者烟熏鲱鱼。它们肥美至极，买回来在酒店房中配面包，也可以解决一餐。

但是，说什么都比不上自己动手做的那么好吃。试试看吧，一点都不难，依照我的方法，一定成功，最多不过是烧坏两三个锅。

在我的电视节目中，介绍过不少餐厅，贵的也有，便宜的也有，但都美味。

"你试过那么多，哪一间最好？"女主持问。

"最好的，"我说，"当然是妈妈烧的。"

所以在最后一集的《蔡澜品味》中，我将访问四个家庭，让主妇为我们做几个家常菜，给不入厨的未婚女子做做参考，以这些数据，学习照顾她们的下一代。即使有家政助理，偶尔自己烧一烧，也会得到丈夫的赞许。

有朋自远方来，不可只吃小菜

首先，我们去上海友人的家，他妈妈将示范做最基本、最传统的上海小菜——烤麸。

做烤麸看起来容易，其实大有学问。外观极为重要，要是那些麸是刀切的，一定不及格。烤麸的麸，非手掰不可。

葱烤鲫鱼也是媳妇的考牌菜，友人妈妈由怎么选葱开始教起。如果鲫鱼有卵当然更好，但没有时也能做出佳肴。可以热吃，也可以从冰箱里拿出来，吃鲫鱼汁冻，甚为美味。

友人的妈妈说有朋自远方来，不可只吃这些小菜，要另外表演烹制红烧元蹄、虾脑豆腐和甜品酒酿丸子。我们当然乐意。

无上的美味

福建家庭做的，当然有他们的拿手好戏——包薄饼。可不能小看，做这道菜，至少得用两三天准备，把蔬菜炒了又炒。各种配料当中，不能缺少的是浒苔，那是一种味道极为鲜美的紫菜。

除了做法，还得教吃法。最古老的，是包薄饼时留下一个口，把蔬菜中的汤汁倒入。这一点，鲜为人知。吃完薄饼，在传统上得配白粥。

从白粥转到潮州家庭的糜，和各类配糜的小菜。潮州人认为咸酸菜和韩国人的金渍一样重要，从外面买固然方便，但自己动手，又怎么做呢？友人妈妈就教大家腌咸酸菜和榄菜。

买虾毛[①]回来，以盐水煮熟，成为鱼饭。做到兴起，来一道蚝烙，此菜家家制法不同，友人妈妈做的是不加蛋的。我要求做我最爱吃的拜神肉，那是将一大块五花腩切成大条，用高汤煮熟，待冷后，切成薄片，再加蒜蓉煎制而成的。煎得略焦，是无上的美味。友人妈妈更不罢休，最后教我们怎么做猪肠灌糯米。

① 虾毛，粤语，指极小的虾

不可马虎

广东的家常菜，最典型的是汤了。煲汤也不是把各种材料扔进大锅那么简单，要有程序，如何观察火候，也是秘诀。煲给未来女婿喝，不可马虎。

最家常的有蒸鲩鱼和蒸咸鱼肉饼等等，最后炒个菜，看市场当天有什么最新鲜的食材就炒什么，以愈方便愈快速为基本，都是在餐厅中吃不到的美味。

我的家常菜

"除了妈妈做的菜，还有什么？"女主持又问。
"当然是和朋友一起吃的。"我回答。

很多人还以为我只会吃，不会煮，那就趁机表演一下。
在最后一个环节，我将请那群女主持按照我的家常菜逐一去做。

天冷，芥蓝最肥，买新界种的粗大芥蓝，切好后备用。另一厢，买带肉的排骨——要请肉贩斩件，余水。锅烧至红，下猪油和数十粒大蒜瓣，把排骨爆香，随即捞起放入锅中，加水便煮。炆二十分钟后，下大芥蓝和一大汤匙的普宁豆酱，再炆十分钟，一大锅的蒜香炆排骨就能上桌。

白灼牛肉。选上等牛肉，片成薄片。煮一大锅水，待沸，下日本酱油，用日本酱油滚后才不会变酸。又下大量南姜蓉。南姜蓉可在潮州杂货店买到，且和牛肉配搭最佳。
汤一滚，就把牛肉扔进去，这时即刻把肉捞起。等汤再滚，下豆芽。第三次滚时，又把刚才灼好的牛肉放进去，即成。

生腌咸蟹，这道菜我母亲最拿手。把膏蟹养数日，待内脏清除，洗干净，切块，放在盐水、豉油和鱼露的混合物中，再下大蒜、辣椒，泡半天，即可吃。吃之前把糖花生条舂碎，撒上，再淋大量白米醋，加芫荽，味道不可抗拒。

猪油渣炒肉丁。炒时加辣椒酱、柱侯酱，如果找到仁稔一起炒，更妙。

咸鱼酱蒸豆腐。

油灼番薯叶。番薯叶灼后，淋上猪油。

五花腩片与台湾甜榨菜片、流浮山虾酱和辣椒丝一起蒸，不会失败。

苦瓜炒苦瓜。用生切苦瓜和灼得半熟的苦瓜与豆豉一起炒。

开两罐罐头，默林牌的扣肉和油焖笋一起炒，简单方便。

酒煮 kinki 鱼，一面煮一面吃，见熟就吃，不逊蒸鱼。

瓜仔鸡锅，这是从台湾酒家学到的菜。买一罐腌制的脆瓜，和氽过的鸡块一起煮，煮得愈久愈出味。

来一道西餐做法的：用牛油爆香蒜蓉，把大蛏子，洋人称为"剃刀蛏"的，放进大锅中，倒入半瓶白酒，上锅蒸焗一会儿，离火用力摇匀，撒上西洋芫荽碎，即成。

又做三道汤，分餐前、吃到一半时，以及最后喝：第一道简单的，用干公鱼仔和大蒜瓣煮十分钟，下大量空心菜。第二道，炖干贝和萝卜。第三道，鱼、虾、蟹加在一起滚大芥菜和豆腐，再加肉片、生姜。

一共十五道家常菜，转眼间完成，可当教材。

「烛光晚餐」

当年拍摄成龙电影，到处出外景，有一年要到墨西哥拍摄。

我们的先头部队已经抵达墨西哥城，准备拍摄一部新片。

墨西哥餐

每天与当地工作人员开会至深夜。趁早上大家还在睡觉，我去逛街市，吃早餐。

我早上喜欢喝点汤。墨西哥人最普遍喝的是清鸡汤，把肥鸡熬个数小时，上桌时加点米饭在汤中，这个汤我们中国香港人一般很好接受。

其次便是牛肚汤。墨西哥人熬汤时不加牛肉或牛骨，所以汤汁并不甜，吃时放大量草药味的辣椒粉，这个菜并非大家受得了的。地道的牛肚汤店中也有牛蹄筋卖，煮成啫喱状态，软熟好吃。偶尔也见一条牛大肠，比牛肚、牛筋更有味，而且有点肥膏，吃起来不逊中国香港的牛杂。没看到牛鞭，大概墨西哥人并不需壮阳。

最高享受是喝羊肉汤。羊肉加以香料炖过夜，汤汁清澈，肉软熟，香喷喷的引人垂涎。进口之前，可以加芫荽和葱花消除膻味。肉是另切的，用个小碟子盛着，让客人蘸辣椒酱或牛油果浆吃。我看到锅中有个羊头，指了一指，小贩即刻会意，切下羊头的面颊肉来。吃了一口，啊，是天下绝品！"羊痴"的朋友们来墨西哥，万万不能错过这一顿丰富的早餐。

猪肉档前，用来招徕客人的是炸猪皮，每张有一匹布那么大。我喜欢吃带着一点肉的猪皮，百吃不厌。一大早买了一块，因在办公室太忙，不出去吃午餐，就全靠这张猪皮充饥。想起一个故事：一对夫妇逃难时做了一块大饼，留给家中的儿子吃。回家一看，儿子饿死了。原来他只吃嘴前的，其余的饼懒得去动。我才不会那么笨，将猪皮吃得精光。

在办公室也不是每天都那么忙，中午也有机会和当地同事到餐厅去吃。墨西哥人感到最骄傲的巧克力酱鸡肉，我只试过一次，就再也不肯吃这个味道古怪的东西。多数餐厅的牛排都做得不好，烤得太熟、太硬，我宁愿吃他们的炆牛舌，做得极有水平。

今天试到的是炸仙人掌虫。大家看了都怕怕，我却很享受地细嚼，尝到一股香甜，介乎肉类和鱼类之间，是罕见的美味。

炸蚂蚁蛋也是一绝，每一颗有半粒米那么大，入口香甜，毫无异味。问侍者有没有旁的做法，他点点头，到厨房为我做了一道用蒜蓉蒸的蚂蚁蛋。每一粒咬破时，"啵"的一声，爽口弹牙，甜汁流出。吃过之后才知道，除了伊兰鱼子酱，还有这么美味的东西。

离乡别井的诱惑

墨西哥城位于高原上，海拔两千多米，空气稀薄干燥，从香港来的同事们拼命喝大量的开水才能止渴，大家都说有阿二靓汤就好了。这次等筹备工作做好，我便要做阿二，煲些汤给大家喝。

菜市场中看到胡萝卜，就决定煲青红萝卜猪腿汤。本来是用牛腱做比较味浓，但是有很多同事因宗教关系不吃牛肉，只能以猪腱代替。青萝卜找不到，用洋葱了事。加点带来的榨菜吊味，绝对不会失败。

有花生卖，可以煲鸡脚猪尾花生汤了。

海鲜类虽不齐全，但也有鲩鱼，煎它一煎，再爆豆腐和炒青菜，最后一起煲汤。

墨西哥的鸡都黄油油的，很肥，买七八只，剥皮去骨后煮粥。这里的人也吃米饭的，超级市场有白米出售。先把鸡骨放进粥中熬，肉切薄片，等上桌前再灼它一灼，这煲鸡粥一定受大家的欢迎。至于鸡皮，学倪匡老兄的做法——串起来烤。离乡别井的香港人，哪能忍受这种诱惑。

我把这几道菜形容给同事们听，还没做，大家已流口水。

吃厌了墨西哥的东西，今晚大家到一家叫"长城"的中国菜馆。我脸皮最厚，向老板说让我到厨房去炒个餸，他无奈地答应了。

餸拿出来，每一粒都被鸡蛋包着，呈金黄色。同事们试过，说果然没有失望，对我的手艺信心大增。

气氛难忘的烛光晚餐

自己下厨，没有胃口，光是喝酒，回到旅馆又是开会，上床已是半夜三点。

饥火难挡，取出旅行用的小电炉来，水滚了，下一包由中国香港带来的公仔面。

　　好像有预感，早上在菜市场看到了一堆很像菜心的蔬菜，绿油油的，中间夹着黄色的菜花，不管三七二十一地买了两把，此刻刚好派上用场。把菜心洗干净，本来要除去头部的，发觉菜梗脆得很，洗的时候已经折断，菜心的每一个部分都能吃。

　　面汤已滚，将菜心放入，菜心即熟。刚要吃时，忽然，整间房子的灯光都熄灭了。原来是旅馆的电压不足，我用这个小电炉，导致保险丝烧了。

　　漆黑中，用打火机找到抽屉中的蜡烛，点了起来。

　　菜心和公仔面的香气喷来，进口，菜心香甜，带点苦味，比吃肉佳。这个烛光晚餐，因无伴侣，不带罗曼蒂克，气氛却颇为难忘，特此志之。

「教苏美璐做菜」

澳门的红砖头街市上，蔬菜和肉类都很齐全。"这种鱼，小岛有没有？"我每买一种食材，都要那么问苏美璐。

做菜你可以幻想得千变万化，但是如果当地买不到食材，也没有用啊！像要教苏美璐做个龙虾刺身，头尾煮芥菜汤，但在她们那儿不出产龙虾，当然也找不到芥菜，要怎么做？

"鱿鱼有吧？"

苏美璐点头。到肉档买了碎猪肉，做道鱿鱼塞肉。食材也不能太过异国风情，否则会把当地人吓坏。像 *"Babette's Feast"* （《巴贝特之宴》）那部影片中，巴黎大厨漂流到小岛，烧一餐盛宴，将海龟拿来熬汤，清教徒就看得傻了。

青口，小岛最多了。买了牛油和西洋芫荽，先将油放进大锅中加热，下大量蒜头，加入芫荽碎，把洗干净的青口倒入，下点盐，淋白酒。

盖上透明的玻璃锅盖，不断摇动锅，看到青口打开，表示已经熟了，就可以上桌。这道菜最容易做，也完全能被洋人接受，不可能失败。

我要教苏美璐做的，一定是这一类的料理，简单，快捷，不靠味精等洋人吃不惯的调味品，任何助手都能马上学会，不必样样要她亲自动手，否则再忙也忙不过来。

但是太平凡的菜，就不会让岛上居民觉得稀奇，来一道咖喱吧！咖喱用不辣的日本咖喱粉好了。先在锅中下油，爆香大量洋葱，放咖喱粉，炒熟鸡肉、猪肉、牛肉或羊肉，甚至海鲜也行，任何一种鱼都可以做咖喱。

把鱼或肉炒熟后，就可以倒牛奶进去煮了。小岛上当然找不到椰浆，用牛奶代替，一点问题也没有。下点盐，下点糖，这一道又甜又香的咖喱料理，谁都会喜欢。

没有汤怎么行？买些鸡骨、猪骨或牛骨放到锅里熬，最后放大量的椰菜①。椰菜不会找不到吧？这种清甜的蔬菜汤，可以事先熬一大锅，等客人到齐，加热一下就能上桌。

① 椰菜，广东等地称结球甘蓝为"椰菜"。

说饺子

如今已经很少人会在家里包饺子了，在超级市场买一包速冻的现成的，就那么煮来吃算数，包什么包？

包饺子的乐趣

食物来到南方，用料和做法更为精致。饺子变为馅多皮薄的云吞，而且要包得像有条金鱼尾巴拖着。但是你一与北方家庭接触，就知道包饺子的乐趣。

我印象最深的，是在友人家和他的山东老丈人一起包饺子。从和面、擀皮、剁馅、包、捏、挤、煮到上桌，全在老丈人一家几个漂亮的女儿的协助下完成，是个非常其乐融融的过程。大家围着吃的欢乐，又非文字可以描述。

从此学会包饺子，一有聚会，或者去海外友人的家，就包起饺子来。所以我旅行时，如果早知道要到什么人家中做客，一定会带一支擀饺子皮的小木棍。在异乡，此物买起来并不容易，如果对方家里没有的话，就没法包饺子了。

包饺子的秘诀

饺子皮的原料可以在外国的中国杂货店买到，用温水和面就是。但要有耐性，面和好了要先摆一摆，用块湿布包起来，北方人说"醒一醒"。

三十分钟后就可以捏下一小团，用手搓成长条，掰一小段，开始用小棍子擀皮。并不是擀得完全扁平就行，友人岳父的教导：最重要的是把那块圆皮的边缘压得更扁，厚度是中间皮的二分之一。这么一来，一对折，拇指、食指一使劲，一个饺子就捏好了，而边缘重叠起来的厚度和其他部分的一样，煮熟的饺子吃起来就不会有些部分的皮薄，有些部分的皮厚了。这是包饺子的秘诀，切记，切记。

万一没有时间和面，就直接在店里买了皮，也要用那根小棍把四周压扁，才能包饺子。有些食肆，已经连这个道理也不懂，它的饺子怎么谈得上好吃？

　　至于馅料，要肉贩用机器磨出来，当然方便，但口感上，永远达不到自己剁肉的水准。剁肉这个过程是省不了的。

　　馅料用猪肉，当今的人已经全用瘦肉，这一定不好吃。从前的人讲究七分瘦三分肥，我觉得不够，最好是反过来，七分肥三分瘦，最少也得五比五，才叫"半肥瘦"。

　　有人会用牛肉或鱼，但最平凡的饺子，馅料应该用猪肉。老北方人是在猪肉中掺了白菜去剁，别的不加。口味重的人用韭菜、茴香、虾米和葱，也有人用芫荽来包。但近年来芫荽已经变种，有股难闻的异味，没从前那么香了，还是避免的好，最多可加中国芹菜或水芹菜、荠菜或马兰类。

　　包馅料时不能太贪心，馅多了饺子易破，煮起来一塌糊涂、混浊不堪，是最失败的了。怎么算多，怎么算少？全凭经验，包饺子不是高科技，学三两次就懂。

　　最后的步骤是煮，古人教导：一锅水，滚了，下饺子，再滚三次，每滚一次都下一碗凉水，再滚，人功告成。这个办法是不是万灵，全看你的锅有多大、炉火有多猛，还是老话一句：经验能告诉你。

吃法

煮好的饺子，北方人一人可连吃五十个。我看过山东友人吃饺子是活吞，嚼也不嚼，就那么通过喉管进入肠胃，这种吃法我绝对不敢领教。

吃饺子当然要吃出味道来才行，但慢慢欣赏，则豪气尽失，吃得快一点就是，不过千万别吞。我的胃口不大，吃十个八个，已饱。

最诱人

除了猪肉饺子，羊肉饺子最诱人。有些家伙说要吃羊肉饺子也要吃不膻的。不膻的羊肉饺子算得了什么？不如去嚼泡沫塑料！

香港大学附近的水街，有一家叫"巴依"的餐厅，是真正的新疆哈密人开的，包的羊肉水饺一流，饺子羊味十足，甜得要命。带友人去吃，他大赞不已。因为他太太不吃羊肉，所以他自己连去三次，只点羊肉饺子。

我包时也喜欢用羊肉，羊肉饺子不必加其他配料，白菜、韭菜都属多余，一味羊肉就是。但切记不能用冰冻的羊肉，在铜锣湾鹅颈桥或尖沙咀汉口道的街市中，买新鲜羊肉来剁馅最佳。

葱油饼

和了面，包完水饺，剩下的面皮，最好用来做葱油饼。在食肆中吃到的葱油饼，葱永远不够，永远那么孤寒，实在岂有此理。自己包的话，用大量的葱。做法是把葱切碎，下盐，还要下味精。别的菜可以不加味精，但葱本身没有甜味，葱油饼又没有肉，非加味精不可。如果你不能接受味精的话，只好放弃。

包得臃肿的葱油饼，在锅中加点猪油，就那么煎起来，煎至皮变金黄、略带焦即可。吃时满口是葱，最过瘾。

走火入魔

谈回饺子。有人说饺子太过平凡，得提高档次，用大闸蟹的蟹黄来包，或者用龙虾来包，还有些人混账到用法国鹅肝来包，或者用日本溏心鲍鱼来包，这些都已经是走火入魔，不是吃饺子了。

煮完了饺子，剩下的面汤，加点盐，加点葱，虽然不是什么"天下美味"，但喝那么一口热腾腾的汤，才是完美的结局。

「咖喱煮法」

一般大家都认为煮咖喱是一件难事，其实是最容易不过的。

到百货公司去买一包现成的，剪开铝箔袋，入锅，加材料，滚了就能吃。

泰国杂货店也卖即食咖喱，他们连肉和蔬菜都替你弄好，买来放在微波炉里叮一叮就是。

烧菜的乐趣，在于自己动手。

我来教你煮咖喱吧。

咖喱粉或酱自己也能调配，不过做起来蛮复杂的，我劝你还是省去这个过程。

咖喱粉在店里买好了。印度的，印度尼西亚的，马来西亚的，任选。

先把一个洋葱切碎。洋葱是煮咖喱最主要的材料，不可缺少。

镬中下油，等油冒烟，加入洋葱碎去爆，爆到它发黄，就可以加咖喱粉了。

要加多少分量？咖喱可稠可稀，依自己口味为准，通常是洋葱碎都被咖喱粉厚厚地包住，是最适当的了。加咖喱粉时，火不必太猛。

这时候，下你要煮的肉、鱼或蔬菜，勤力用镬铲炒之，让咖喱和材料混在一起。另外准备一大碗椰浆，如果买不到椰浆，用牛奶代替也行。

炒至材料差不多要黐住镬底时，加椰浆或牛奶。材料一湿，又可再炒了，炒至其半生熟。

把镬里的材料转放进一个锅中，再加大量的椰浆或牛奶进去滚，滚至材料全熟为止。

怎么样才知道材料熟了没有？用筷子去插呀！一插就插得进去，表示材料已经熟透了。

现在煮咖喱可以加自己喜欢的蔬菜，通常是马铃薯，但马铃薯太平凡，又不易熟，还是加羊角豆好。羊角豆中有小粒的种子，煮至种子吸满咖喱汁，就会一咬"啵"的一声在嘴中爆开，最好吃。

　　煮咖喱的秘诀在于材料一定要和咖喱充分混合，让它入味，两样东西一旦分开，绝对煮不出好咖喱来。

　　试试看吧，失败三次后，包你学会。

法式田鸡腿

在法国南部吃了田鸡腿后，念念不忘。

回到香港，去了几家法国餐厅吃田鸡腿，均不满意，不是那个味道，唯有自己炮制。

参考了许多法国菜谱，包括Julia Child（朱莉亚·查尔德）写的 *Mastering the Art of French Cooking*（《掌握法国菜的烹饪艺术》），仍不得要领，只能凭记忆和想象重创。

到九龙城街市，走过那档卖田鸡的，看到田鸡不是很大。

田鸡，最肥大的品种来自印度尼西亚，那两条腿像游泳健将般粗壮，肉质却不因个头大而生硬，是很好的食材，但并非我这次的选择。

小贩剥杀田鸡，总是残忍的事，眼不见为净。丰子恺先生也说过，吃肉时不亲自屠宰，有护生之心，少罪过。

再去食品店买了一块牛油、两升牛奶和一些西洋芫荽，即开始做菜。

先把田鸡腿洗干净，用厨房用纸把表面的水吸干了，放在一旁备用。

火要猛，把牛油放进平底镬中，油冒烟时下大量的蒜蓉。

蒜蓉爆香后，放田鸡腿去煎。火不够大的话，田鸡腿全部煎熟时，肉便会太老。猛火之下，田鸡腿的表面很快就会带点焦黄，而里面的肉还是生的。

这时加点牛奶，让温度下降。田鸡腿和牛奶的配合很好。再把芫荽碎撒下去，加点胡椒，这里动作要快。

接着便是下白酒了。用陈年佳酿最好，不然加州白酒也行——加州酒只限用来做菜——带甜的德国蓝尼也能将就。但烧法国菜嘛，至少来一瓶 Pouilly-Fuisse（普伊－富赛）吧。

酒一下，即刻盖上镬盖，就可以把火熄了。大功告成。

虽然没有法国大厨指导，做出来的田鸡腿也还蛮像样的，但只能自己吃，不可公开献丑。

吃完，晚上还是去"天香楼"，叫一碟烟熏田鸡腿，补足数。

茶余

饭后

新的
饮
食
节
目
Q
&
A

和小朋友聊天。

问： "听说您最近有做新的饮食节目的念头，会有
什么内容呢？"

答： "主要是保存濒临绝种的美食，尽量重现一些
古时候的菜谱。还有让观众知道，平凡的食材，也能做出
精彩的菜。"

问："只讲中国菜吗？"

答："也不是。像旅行，总要过一生，看看别人是怎
样过的。我们要把节目做成味觉的旅行，讲同样的食材别
人是怎么做的，让大家参考。"

问："举个例子吧。"

答："比方说，你到一家好的外国餐厅，如果面包不是餐厅自己烤的，那么这家餐厅的水平好得极有限。中国食肆最不重视白饭了，为什么不能像外国的一样，把一碗基本的饭炊得好一点呢？从白饭延伸出粥来，各种不同的粥；也可将米磨成浆，再烹调出各种菜品，像肠粉等等。"

问："那也可以做不同的炒饭了？"

答："这当然。"

问："要不要比赛呢？"

答："何必？大家切磋，多好！"

问："还有什么可以添加的？"

答："我想多加一个讲餐桌上的礼仪的环节。"

问："不会闷吗？"

答："不说教就不闷。而且这是我们很需要的一课，像吃饭时抢着夹菜，就不应该，还有很多人会在夹菜时把菜东翻西翻，也不对。"

问："这不是很基本的吗？"

答："是基本，但不懂的人还是很多，需要提醒。我们很幸运，有父母指引，但现在大家都忙，也许忽略了。像吃饭时发出啴啴的声音来，也不雅。"

问："现在很多人都是这样吃的呀，成为习惯，大家都发出啧啧声，也就接受了，没什么不对呀！"

答："朋友一起，家人一起，怎么吃都行，但是出不了大场面。在国外旅行，总有一些国际上的基本礼仪要遵守，否则人家看了虽然不出声，但心中看不起你。我们何必做这种被人看不起的事？"

问："这是因为您年纪大了，看不惯年轻人的反叛。"

答："对。我们年轻时也反叛过，不爱遵守固有的道德观，父母看不惯。但这不是反叛不反叛的问题，是做人做得优不优雅的问题，是永恒的。"

问： "还有什么环节？"

答： "很多，像食物的来源和人生的关系。"

问："举个例子。"

答："像吃白米长大的东方人和吃面包长大的西方人，在身体上有什么不同。发育也完全不一样，东方的孩子送到西方去，也能长得比较高大呀，这是明显的例子。"

问："那要研究营养学了？"

答："这让学者去讨论。到底是电视节目，很实际地需要收视率，必须有娱乐性才行。如果有太多篇幅去谈药膳之类的，就太过枯燥了。"

问： "那么讲不讲素食呢？"

答： "当然得涉及，讲的是真正的素食，不是把素食变成什么斋叉烧，什么斋烧鹅。这么一来，心中吃肉，也等于吃肉了，不是真正的食素。"

问："可以做些什么素呢？"

答："在食材上去做功夫，像有种海藻叫海葡萄，就那么用醋和糖来腌制一下，就是一道美食。"

问： "叫大师傅来做？"

答： "也要请他们示范。不过家庭主妇的手艺也不能忽略。她们的菜，做给子女吃，一定用心。用心做，是餐厅大师傅缺少的。有时候，她们在很短的时间内，也可以做出一桌菜来，应付丈夫临时请来的客人。真是，这些卧虎藏龙的厨娘，都要一一发掘。"

问： "有没有减肥餐呢？"

答： "没有。"

问："怎么答得那么决绝。"

答："最有效的减肥餐，就是不吃，不吃就不肥。"

问： "那么讲不讲人与食物的亲情？"

答： "饮食节目应该是欢乐的，太多挤眼泪的情节，还是留给别的节目去做吧。"

问： "外国拍的饮食节目，有什么可以借鉴的？"

答： "我都不想重复他们的内容。精神上可以抄袭，像他们，一个小时之内做出多种菜来，就有那种压迫感。也许我会请一些专业厨师，或一些生手，在二十分钟之内做出几道菜来。"

问："做得到吗？"

答："中国菜的煮炒，都是在很短的时间内完成的。像《料理的铁人》那种节目，如果让一个巧手的厨师去做，一个小时之内，做出一桌菜来，不是难事。"

「怎么成为一个美食家？」

和小朋友聊天。

问： "您眼睛一看，就知道这道菜好不好吃？"

答： "有些菜可以的。"

问："比方说？"

答："比方说，上了一碟鸡蛋炒虾仁，那些虾，已经冷冻得变成半透明的，怎么会好吃呢？"

问："那您就不举筷了？"

答："也不是，朋友请客的话，我会夹鸡蛋来吃，鸡蛋是无罪的。"

问： "就说虾吧，当今的虾多数是养殖的，但偶尔也吃得到野生的，您能分辨得出虾是养殖的，还是野生的吗？"

答： "一碟白灼虾上桌，如果虾尾是扇开的，那就是野生的；合在一起的，多数是养殖的。"

问："这么厉害？"

答："我也是听专家说，自己又再观察得到的结论。像那尾方脷，是不是好吃，吃鱼专家倪匡兄说翻开肚子来一看，是粉红色的，一定没错；要是有黑色斑点，肉就又老又有渣。百试百灵。"

问： "东西正不正宗呢？"

答： "粗略可以知道，像上海菜里的烤麸，如果是用刀切的，而不是用手掰的，就知道味道好的极有限。

"不过我不是真正的江浙人，对味道没有那么灵敏。查先生说广东人炒不好上海菜，也许有道理。但我吃过钟楚红的家公①家里的上海菜，虽然是顺德女佣煮的，但她长年来受朱旭华先生的指导，做出来的烤麸，也算正宗。"

问： "这么一说，您也能分得出日本菜味道正不正宗吧？"

答： "我在日本住了八年，最好的餐厅多数去过，是不是正宗，我还吃得出来。像韩国菜，我到韩国的次数至少有一百回以上，我说出的许多正宗的韩国菜味道，纵使韩国人自己也不知道。这也是我的徒弟阿里峇峇敬佩我

① 家公，指丈夫的父亲。

的地方。韩国人个性直爽，你比他们厉害，他们就服你，所以阿里峇峇拜我为师。"

问：**"法国菜呢？"**

答："这我不敢自称专家了，毕竟我吃得不多。"

问："吃得不多，是不喜欢？"

答："不喜欢的，是那种排场。所谓的'巴黎人精致料理'，一吃三四个小时，不适合我这种性子急的人。但法国乡下，还是有很多家庭餐厅，可以随意吃吃，我就很欣赏。"

问：**"可以说您比较喜欢意大利菜了？"**

答："对的，意大利菜和中国菜一样，是一种吃起来很有满足感的菜，大锅大碗的，一家人大吃大喝。我对意大利菜的认识较深。"

问：**"西班牙菜呢？"**

答："和意大利菜一样，也喜欢。"

问：**"有什么不喜欢的呢？"**

答："假的都不喜欢。"

问："什么是假的？"

答："那些做日本菜的馆子，通街都是，弄一大堆假的日本三文鱼，其实是挪威货，怎会不令人讨厌呢？"

问："和假西餐同一道理？"

答："对。所谓假，还包括学了一两道散手②就出来开店的，做来做去都是什么烤羊架、煎带子、炸油鸭腿等，又用个铁圈子，把肉塞在里面就拿出来，还在碟上用酱汁乱画。这种菜，怎么吃得下？"

问："但这些就是我们年轻人学习吃外国菜的道理呀！"

答："不错，第一次可以，第二、三、四次受骗，你就是傻瓜，不可救药。"

② 散手：粤语，本领，本事，技能。

问："我很想问一个许多人都想问的问题，那就是怎么能成为一个像您一样的美食家？"

答："美食家我不敢当，我只是一个喜欢吃的人。问我怎么成为什么什么家，不如问我怎么求进步。我的答案总是努力、努力、努力。没有一件事是不努力就可以办成的，努力过后就有收获，用这些收获去把生活品质提高，活得比昨天更好，希望明天比今天更精彩。"

问："说得容易，做起来难。"

答："不开始，怎么知道难？"

问："我们年轻人为了努力，对吃喝怎么会有要求？所以只有到快餐店去解决了。"

答："早一个小时起身，自己煎个蛋，或者煮一碗面，也不是太难。做个自己喜欢的便当，也能吃得好，这就是所谓的努力了。"

问：　"听说您是永远不去快餐店的？"

答：　"流行过一个笑话，说我到风月场所被狗仔队拍了照片，编辑知道我好色，不出奇，就把照片扔进垃圾筒。如果我从麦当劳走出来，被人家拍了照片，此才是一世英名，完全丧失。哈哈哈哈。"

浅
尝

　　和小朋友聊天，当然是有关于吃的话题。和我交往的都喜欢谈饮食，也只有这种话题，最为欢乐。

　　"我发现您原来是吃得不多的，您的许多朋友也说，蔡澜这个人是不吃东西的。这是不是因为你已经吃厌了，人也老了？"小朋友口没遮拦，单刀直入。

　　"老不是一种罪，我承认我是老了，有一天，你也会经过这个阶段。至于是不是吃厌，好的东西怎么会吃厌呢？当今好的东西少了，我就少吃一点。"我老实地回答。

　　"好东西照样很多呀，有瓜果菜蔬，有猪肉鸡肉，有石斑也有苏眉，怎么说少了呢？"小朋友反问。

"有其形，无其味。你们吃的鱼多数是养殖的，肉类的脂肪也愈减愈少；蔬菜更是经基因改造，弄得没有味道。人类贪婪，拼命促生，有些还使用很多农药。又因为养殖的失去了颜色，就不管人家死活，加苏丹红等色素。不好吃不要紧，吃出毛病来可不是开玩笑的。"

小朋友怕了："那——那我们要怎样才好？"

"一切浅尝。"

"浅尝？"

"是。浅尝，是一种很深奥的学问。美食当前，叫你不再去碰是不容易的，我自己也忍不了，要学会浅尝不容易。"我说。

"那我们年轻人呢？要怎么开始？"

我答："从要吃，就吃最好的开始。别贪便宜，有野生的，贵一点也得买。吃过野生的，就知道滋味有多好，再也回不了头去吃养殖的了。"

小朋友点点头，好像有点明白这个道理："那和浅尝有什么关系？"

"你们这个年代，就算有钱，能吃到野生东西的机会也不多。吃到了也别贪心，吃几小口就放弃。看到是用的养的鱼，只用它的汤汁来浇白饭，也是一种美食。"

"白饭吃了会发胖的！"

"胡说，现在的人哪会吃得了太多饭？你们发胖，是因为你们喜欢吃垃圾食物，而垃圾食物多数是煎炸的，煎炸的东西吃多了，才会发胖！"

"煎炸的东西很香，您不喜欢吃吗？"

"我也喜欢，不过我喜欢吃好的。"

"煎炸也分好坏吗？"

"当然，油炸食物外面包着的那层粉那么厚，吸满了油，我一看到就觉得恐怖。好的天妇罗，炸后放在纸上，最多只有一两滴油，你吃过了，就不会去尝坏的了。"

"我们哪有条件天天去吃高级天妇罗？"

"把钱省下，吃一次好的，这么一来，至少你不会天天想吃肯德基。同样的道理，你吃过一顿好的寿司，就不会想去试回转的了。"

"道理我知道，但是我们还在发育时期，您教我怎么不吃一个饱呢？"

"那我宁愿你吃几串鱼蛋、一碟炒饭、一碗拉面，每一种都浅尝，好过用一种东西塞得你的胃满满的。对感情，花心我不鼓励，但对食物，绝对要花心！"

"这话怎么说？"

"比如吃鱼，如果鱼中有孔雀石绿，那么少吃一点也不要紧，吃太多，毛病就来了。吃火锅，火锅有地沟油，那么吃少一点，再来杯茶解解，也没事。"

"您的意思是什么都可以吃，但是什么都少吃一点？"

"对，要保持好奇心，中国菜吃了，吃日本菜，吃韩国菜，吃泰国菜，吃越南菜，吃西餐，什么都好，什么都不必狂吞，多吃几样。"

"不喜欢的呢？像芝士，我就从来不碰。"

"也要逼自己去吃，试过了，你才有资格说喜欢或者不喜欢。从来不碰，就是无知。年轻人求的是知识，你怎么可以连这一点都不懂？芝士吃起来很臭，你可以从不臭的卡夫芝士开始，蘸点糖吃，甜甜的，好像吃蛋糕。慢慢地你就会发现卡夫芝士满足不了你，因为它是牛奶做的，当你要求更浓郁的味道时，你就会去吃羊奶的了。到时，这个芝士的味觉世界，就被你打开了。"

"吃榴梿也是同一个道理？"

"对。把榴梿放在冰格上冻硬，拿下来用刀切一小片，当雪糕吃。当你接受了，泰国榴梿满足不了你，便会去追求马来西亚的猫山王了。"

"道理我明白，但是有些人也只爱吃麦当劳，只喜欢吃肯德基，那怎么办？"

"那只有祝福你了。"

小朋友有点委屈："对着一些我爱吃的东西，总得吃个饱，您怎么说我也不会理睬的。"

"我知道，有些东西在这个阶段是很难入脑的。我现在唠唠叨叨地向你说，也不希望你会了解，我只是在你脑中种下一颗种子罢了。有一句话你记得就是：今天要吃得比昨天好，希望明天就得比今天更精彩。到时，你就会发现，一切食物，浅尝一下，就够了。"

「人一快乐，身体就健康」

问： "作为一个美食家，您注重健康吗？"

答： "智者曾经说过，成为一个美食家，从牺牲一点点的健康开始。"

问： "但是当今的流行，都是以健康为主。"

答： "以健康为名，许多美食文化，都被消灭了。"

问： "这话怎么说？"

答： "举个例子，上海本帮菜的特色浓油赤酱，现在已无影无踪，得拼命去找，才能找到几家值得吃的。"

问： "从前的人穷苦，缺乏营养，吃的菜要又油又甜；当今的人富裕，得吃清淡一点嘛。"

答："太过清淡，同样对身体不好。"

问："猪油总不能吃吧？"

答："猪油有那么可怕吗？植物油就有那么好吗？你有没有试过洗盛过猪油做的菜的碗碟呢？"

问："没有。"

答："你洗过就知道了。盛用猪油做的菜的碗碟，一下子就能洗干净；盛用植物油做的菜的，洗个老半天还是有油腻。"

问："猪油有那么好？"

答："有些菜，不用猪油就完蛋了，比如上海的菜饭、宁波的汤圆、潮州人的芋泥，把猪油拿走，还剩下什么？"

问："过多了还是不行。"

答："这句话我赞成，但少了也不一定健康。我们不是天天猛吞大肥肉，而是偶尔来一客红烧蹄膀，是多么令人身心愉快的事呀！"

问："不下那么多油可不可以？"

答："有些菜不可以，像过桥米线、生鱼或生肉，全靠上面那层油来焖住，才能煮熟。当今的这些菜只放那么一点点油，不吃出一肚子虫来才怪。"

问："健康饮食，从什么时候，在哪里开始流行？"

答："二十世纪九十年代吧，是加州的美国人始创的。他们把太油、太腻的意大利菜，改成少油、少盐的菜，大家拼命吃生菜沙拉，吃得变成兔子。"

问："但怎么那么快地影响全球？"

答："都怕胖嘛，尤其是女人，有些干脆吃起斋来，而且强调蔬菜要全部是有机的。什么是有机，到现在很多人还是搞不清楚。"

问："有机菜比较有味道呀。"

答："我吃不出，你吃得出吗？"

问："……"

答："就算是吃菜，吃得淡出鸟来的时候，就拼命加油、加酱了。香港的斋菜，油下得也多得厉害，吃下去后，那些不容易洗得干净的植物油会在胃中，后果怎么样，你自己想想。"

问："那么接下来流行的慢食呢？"

答："快食或慢食，对于所谓的健康的影响，并没有明显的区别，只是大家的习惯而已。问题是在好不好吃。美式的快餐，不好吃，就不吃了，但也不是说弄成慢食，就好吃了。"

问："那么慢煮呢？"

答："我一听到厨师走出来解释，说这块肉用多少度的低温，煮了多少个小时，心中就发毛。新鲜食材新鲜煮新鲜吃，才算新鲜，被他那么一弄，有什么新鲜可言？况且，把食材包在塑料袋内来煮，袋里的化学品分解有害物质，人们吃了，出毛病的概率更高。虽然当今还没有科学引证，但也可以想象得到，这不是一件好事。"

问："那您自己是怎么保持健康的？"

答："从来不用保持这两个字，想吃什么吃什么。油腻的东西吃多了，就喝浓普洱来解。我也不一定是吃大鱼大肉，在家吃些清粥，送块腐乳，也是一餐。"

问："那体重呢？您的体重是多少？"

答："七十五公斤，在这二十几年来一直不变。"

问："怎能不变，容易吗？"

答："容易，一上秤，发现重了，裤头紧了，就少吃一餐，或者干脆断食一两顿，就轻了下来。"

问："那么我们女人要好好学习了，可是，怎么忍呢？忍不住呀！"

答："忍不住，就不能怪人。一切都是自作自受。"

问："所以我们要吃健康餐呀！"

答："健康不是吃健康餐就行的。"

问："那么您教教我们怎么做。"

答："健康分两种，精神上的和肉体上的。我不知道说过多少遍，倪匡兄也主张：不吃这个，怕吃那个，精神上就不健康了。精神一不健康，什么毛病就都跑出来，轻的变成精神衰弱，重的会得癌症。

"精神健康影响肉体健康，这不怕吃，那不怕吃，身心愉快，就会产生一种激素，可化解食物不均匀的结果。人一快乐，身体就健康，这是必然的。"

问："就那么简单？"

答："就那么简单。"

说不完的美食

和小朋友聊天，她笑道："天下的美食，都被您试过了？"

"瞎说。"我轻骂，"再活三世，也不一定吃得完。"

忽然想吃火腿

"给您一张会飞的地毯，您要去哪里就能去哪里，有什么东西最先入脑？"

"我忽然想吃火腿。"

"啊，帕尔马火腿加蜜瓜？"她问。

"帕尔马的火腿虽然很软熟，但到底韵味不够。现在大家都在流行吃西班牙的黑猪腿，可别忘记意大利还有一种很特别的火腿，叫 San Daniele（圣丹尼尔）。"

"产自意大利的什么地方？"

"靠近华隆那的叫 Treviso（特雷维索）的中世纪小镇。它本身就是一个很古老、很漂亮的地方，又靠海，那里的天气和湿度特别适合风干火腿。火腿里其他什么添加物都不加，只用海盐腌制，肉是深红玫瑰色的，香得不得了，不比西班牙的差，又没被追捧，价钱相对便宜。每年六月，当地有个火腿节，各家制造商都将产品推出来让过路客人任意吃。"我一口气说完。

专门卖食物的商店

"专门卖食物的商店呢？巴黎的 FAUCHON（馥颂）怎样？"

"FAUCHON 的种类齐全，又很高级，希腊小岛生产的乌鱼子也被这家公司包下来卖。但是说到店里的装修，还是俄罗斯莫斯科的 Yeliseyfusky（店铺名）厉害。"

"您去过了吗？"

"没去过，但是单单看图片，就把我深深吸引了。整间店有三四层楼高，食物架子像大教堂中的风琴，上面摆满了鱼子酱和伏特加，以及全世界最高级的食品。"

"哗，那么厉害？"

"他们现在也是经济起飞，重现旧日的光辉。这家店铺把 Art Nouveau（新艺术运动）装修艺术保留得尽善尽美，是我最想光顾的地方。"

德国白芦笋节

"还有呢？"

"每年五月的第一个星期六，德国的 Schwetzingen（施韦青根）有一个白芦笋节。那里种的白芦笋特别肥大、香甜，以前只有国王才能享受，现在如果你去到当地，就可以免费大吃特吃。"

"告诉我白芦笋和绿芦笋的分别。"

"白芦笋种在泥沙质的土地上，被遮挡了阳光，变得又软又甜。如果看到笋尖变紫色，已没那么完美了。"

"德国菜，好吃吗？"

"不好吃，而且菜的种类像他们的人民那么刻板，没什么变化。但是原料无罪，那里的白芦笋的确是别的国家比不上的。"

"Schwetzingen 在德国的什么地方？"

"就在著名的大学城海德堡附近。吃完芦笋顺道到海德堡一游，听听歌剧《学生王子》，不亦乐乎。"

美国辣椒节

"美国呢？"

"除了纽约之外，很难有哪个城市能吸引我去。尤其是'9.11'事件之后，杯弓蛇影，草木皆兵，过海关时被当成恐怖分子那么查，何必受那种老罪？"

"没有一种食物让你非尝不可？"

"我认为唯一能称为美国美食的，只有一种辣椒豆。而新墨西哥州的 Santa Fe（圣达菲）是我想去的。"

"那里有什么那么特别？"

"那里的辣椒节集中了全美国的嗜辣者，你只要做出一道有创意的辣椒菜，被选中后就可以一生免费去吃。还有很多烹饪班，教你怎么把辣椒做得尽善尽美。最出名的辣椒餐厅叫 Coyote Café（土狼咖啡馆），其他两间是 Amavi（阿玛蒂）和 La Casa Sena（卡萨·塞纳）。"

马拉喀什

"大排档呢？"

"到全世界最大的市集，摩洛哥的 Marrakech（马拉喀什）去。那里别说吃不完，走也是走不完的。把天下的香料都集中在一起，任何蔬菜和肉类，除了猪肉之外，都齐全。牛羊内脏烤得让人流口水，价钱也便宜得令人发笑，上网一查就知道。"

马德拉酒

"为喝酒而去的呢？"

"到大西洋的小岛 Madeira（马德拉）去吧。古时人们把酒从欧洲运到南洋，酒会变坏。在途中的这个小岛上，航海家发明了把白兰地加进餐酒中的方法，这么一来，酒不但会停止发酵，而且变得更香、更甜。马德拉酒的年份都是老的，最年轻的是一九七七年的 Verdelho（华帝露），一杯十块美金左右；卖到一百块美金的是一九〇八年的 Bual（布阿尔）；最甜的有 Malmsey（马姆齐甜酒），一点也不贵。喝杯马德拉酒，人间乐事也。"

"还有吗？还有吗？"

"还有，还有。三年也说不完，别说下去了。"

「日本拉面 Q & A」

有本周刊做日本拉面的专集，记者找我，要我回答以下的问题。

问： "日本人对拉面有什么特别的感情或情结？"

答： "五十年前，日本人开始吃拉面。那时小贩拉着车子，在街边叫卖，有时还吹着喇叭，和明星牌方便面包装袋上画着的那个形象一模一样。

"当时的拉面，汤底只是用酱油和味精沟在滚水当中的，再下一个面团，渌得半生不熟，难吃到极点。但日本街边小吃的变化不多，拉面也慢慢被人认可。卖拉面的生意好起来，老板就请了一个小厨当助手，有人叫外卖，就让小厮送过去。日本人称外卖为'出前'，而一碗叫作'一丁'，后来的方便面招牌，也就是因此而产生的。

"日本人很有精益求精的精神，这五十年来他们把汤底研究又研究，面条的软硬度改良了又改良，弄出一碗非常美味的食物，街头巷尾，一定有一两家店卖拉面。他们也承认拉面是由中国传去的，可是已变成了他们的'国食'，日本人不可一日无此君。拉面的存在，像韩国人的金渍，如果把拉面从日本人的生活中拿走，他们会感到非常非常地孤寂。"

问： "相对于乌冬及荞麦面有不同吗？"

答： "乌冬和荞麦面倒是日本地道的食物，日本人当然喜爱，但程度上不及拉面。而且，乌冬和荞麦面基本上是送酒吃的，而拉面是喝完酒后吃的。"

问："这话怎么说？日本人不是把拉面当成夜宵的吗？"

答："日本人到面店（传统的面店只卖荞麦面和乌冬），主要是去喝清酒的，这是老一辈的日本人的吃法，年轻的不懂。而拉面的兴起，主要是他们在喝酒时不太吃东西，因为肚子一饱就难醉，难醉就要花更多的钱去买酒。

"当今的日本人还是有酒一喝多了，就想起吃一碗拉面的习惯，但也不一定当成夜宵，拉面已经是老百姓的中餐和晚餐，而早餐是绝对不吃拉面的。"

问：　"做拉面必备什么配料？"

答：　"最初只有两三片笋干和一片紫菜，还有白色中间有粉红的旋转形花纹的、天下最难吃的鱼饼。后来配料越变越多，不同地方的人下不同的配料。大致上说，配料有豆芽、椰菜和几片叉烧（他们的叉烧不烧，只是把肉块绑起来煮熟后切片），有些地方下半个蛋，蛋白烟熏，蛋黄还保持半熟状态。北海道的人喜欢下玉米，加一块牛油。

"大阪一带的关西，除了铺在拉面上面的配料之外，在桌上还放着用芥菜腌制的干菜、红姜丝、芝麻等等。有以金渍泡菜为配料的拉面馆，多数是韩国后裔开的。"

问：　"不同地方的日本人吃拉面的喜好及习惯有什么不同？"

答：　"是什么地区的人，就喜欢吃什么拉面，这是根深蒂固的口味。习惯倒是统一的，先喝一口汤，再吃面。吃面时吃得'时时嗦嗦'并无不礼貌，反而代表面好吃，这是欧美人搞不清楚的。"

问："拉面界五大代表：博多猪骨拉面、札幌味噌拉面、东京酱油拉面、函馆盐味拉面和别府地狱拉面，汤底各有什么不同？"

答：　"基本上，汤底是一样的，多数会用猪骨、鸡骨、昆布、木鱼、洋葱、胡萝卜和椰菜等来熬汤底。有了汤底，再加其他调味品。

"就算你走进博多的猪骨拉面店，叫一碗拉面，侍者也会问你是要酱油味的、盐味的还是味噌味的。选其中一种，他们就在猪骨汤底上再加配料。走进札幌的味噌拉面店，他们也会问同样问题。总之，至少有两个选择，那就是酱油味或盐味。

"所有汤底，熬到最后，汤还是清的。至于猪骨汤底为什么是白色的，那是因为加了鱼。把鱼放进网中，熬到鱼骨也溶化了，汤就变白，就是那么简单。

"味噌汤底是在猪骨汤中再加味噌，汤底变成褐色。北海道的，除了味噌之外，还要加牛油。

"东京人吃惯了从前加酱油、加味精年代的拉面，所以特别喜欢酱油，不爱味噌味，又觉盐味太淡。

"函馆人的口味不重，才偏爱盐味拉面。

"别府可能因为火山太多，人性格较为暴躁，觉得加了辣椒才够刺激，故有整碗红颜色的辣椒酱拉面的产生。

"还有一种九州特有的拉面，叫 chanpon，把面炸成伊面，淋上很稠的芡粉，吃时乱搅一通。Chanpon 是乱搅的意思。"

问：　"你个人最喜欢哪一款拉面？"

答：　"我是一个喝酒的人，口味较重，当然喜欢吃浓郁的猪骨汤拉面了。但我通常吃面，都爱干捞，干捞最能吃出面条的味道和弹力，所以我也喜欢一种叫tsukemen（沾面）的：面条渌好后放入碗中，另有一碗浓汤，让你把面夹起，蘸着汤来吃。"

问： "可否分享在日本吃拉面的难忘经历？"

答： "热辣辣的拉面，最好在寒冷的夜晚来吃。有一回和金庸先生夫妇、倪匡先生夫妇到了东京，入住帝国酒店。下大雪，三更半夜，我们散步到对面日比谷公园门口的拉面档，各人叫了一碗拉面。

"小贩用铜丝网捞起一大块煮得软熟、快要化掉的肥猪肉，手拍着网柄，让肥猪肉变成一粒粒的，落在汤中。大家看得心中发毛。

"我大喊：'那是骨髓呀！'

"说完，各人都捧着一碗走进公园，坐在雪地里的小凳子上大吃特吃，一碗不够，再回去多要一碗。

"当今那档拉面消失了，此种情景和味道再也不能重现，是人生之中最难忘的吃拉面经历。"

「不吃飞机餐」

至今为止，搭飞机，还是不肯吃飞机餐。

短途的四个钟①左右的航行，上机之前先将自己喂饱；长途的十二个钟以上的，带几个杯面，想吃就吃，不麻烦人家。

但航空公司总在起飞之前把人数算好，几个人吃几份东西，你一定不会因为客满而吃不到飞机餐的。

如果你不吃，这是你放弃了权利，那份原封不动的食物，在飞机抵达目的地后也不给别人吃，就那么拿去丢掉了。

我不知道航空公司扔了多少飞机餐，每次都看到许多患有高空厌食症的客人，不吃的不止我一个。假如一家航空公司一次飞行扔十个，每天几班航机就要扔几千个，世界上那么多航空公司，被当成垃圾扔掉的飞机餐，何止上万？

还有那些红白酒呢？每次都要开几十瓶，但像我们那一辈的人喝酒的已不多，当今的"电脑怪"都是一滴不沾的。开过的酒，在飞机还没有降落目的地之前就要全部倒掉。这是国际航空组织的规定，奈何？

经济不景气的今天，一切都在缩减。头等舱或商务舱节省起不了作用，还是应该给予最好的服务，浪费与否不是一个问题，到底人家是付了那么多钱的。

座位最多、利润最大的还是经济舱。但因旅行的人少了，航空公司互相杀价来接待团体客，更是需要俭省。

订座的时候，问一声要不要吃餐，不可以吗？不说能够减多少钱给你，一说就知道飞机餐的价钱了，但可以送些小礼物作为鼓励呀！省下来的钱，捐给联合国儿童基金会，那是多好的一件事！

既然是填满了肚皮算数，那么西餐和麦当劳合作，中餐由大家乐等快餐集团供应，总比挨那劳什子的经济飞机餐好，你说是不是？

「最好吃的飞机餐」

小朋友问："您吃飞机餐吗？"

"吃的，不吃的。"我回答。

"这是什么意思？"

"一般我是不吃的，遇到好的就吃。"

"您最常乘的是哪家航空公司的飞机？"

"国泰、港龙。"

"这两家哪家好一点？"

"港龙比较用心。"

"那您吃港龙的飞机餐吗？"

"不吃。"

"为什么？"

"比较好吃，不一定是好吃。"

"那么不会饿肚子吗？"

"基本上都是三四个小时的航线，可以忍得了。上飞机之前尽量吃，这两家航空公司的候机室里有东西吃，东西做得还可以。东西一般地难吃，要是在地上吃，还是勉强吞得下。"

"一上机就绝食了？"

"也不是，我喜欢吃雪糕，如果有供应，我就要求要两个。"

"给的是什么牌子的？"

"Häagen-Dazs。"

"是丹麦雪糕吗？"

"名字听起来像，但和丹麦一点关系也没有，是家纽约的公司。美国人自己的雪糕不畅销，取了一个像欧洲牌子的名字，就大销特销了。"

"那么说，就是不好吃了，那您还去吃？"

"没有选择的话，还是会吃的，至少比菲律宾产的好。"

"飞机上一般雪糕都是冻得像石头一样的，怎么吃？"

"我会向空中小姐要一杯滚水，加两个英国早餐的红茶包，等泡浓了，就倒入雪糕中，雪糕化开了才吃。"

"其他呢？"

"国泰有几种可选择的芝士，我偶尔也会吃一点羊奶芝士，配上蜜瓜，或者吃一种叫quince的甜糖，很好吃。"

"Quince 是什么？"

"中文名也是硬安上去的，叫'柑橘'，其实是一种梨子形的黄色果子，颜色像柠檬。"

"国泰的飞机餐，那么难吃？"

"你试过就知道。尤其头盘的那种冷面，一点味道也没有，吃鸡肉更像嚼泡沫塑料，鱼不像鱼，那片牛排又老又硬。我上洗手间时看到空姐皱着眉头,她们不敢出声罢了。"

"港龙的呢？"

"港龙常有所谓名厨设计的飞机餐，但经过冷冻又解冻之后，神仙也没办法救它。"

"为什么航空公司不肯改进？"

"和他们聊了多次，总厨都说，他们注重健康，东西要不会吃出毛病来，只有冷冻了再加热，蔬菜也要用不容易烂的，比如那种最没有味道的绿色小白菜，还有西蓝花。"

"总厨是什么地方的人？"

"大机构就一定请德国人或瑞士人，但这两个国家的人基本上已不会吃。"

"有没有中国人可以沟通？"

"也有，向他们投诉时，他们说做餐过程中要先冷冻后加热，是没有办法改变的。但是我说，冷冻后翻热也有好菜式呀，像荷叶饭，或者柱侯牛腩，都是愈加热愈好吃，但他们听不进去。"

"是呀，还有其他的呢？"

"红烧猪肉、红烧牛尾、杂菜汤、烤香肠等都好吃，葡萄牙人做的肉类或海鲜的大白焓，就很合中西人士的胃口，他们不是不会做，是不肯做。"

"有时，会不会是在高空中，没有了胃口？"

"所以要吃刺激一点的，像我从前为一家日本的公司设计了咖喱饭，就大受欢迎。其实印度人做的烩饭，像鸡肉、海鲜烩饭，翻焗又翻焗，更是美味。"

"内地的航空公司呢？"

"从前的飞机餐是出了名的难吃，有时送些饼干给你就算数。现在生活条件渐佳，各个航空公司已经出现了一些当地美食。像北京飞乌鲁木齐的航班，有手抓饭、小油馕、炒烤肉、手撕羊肉和西域牛仔肉；飞成都的，有卤肉锅盔、水饺、宫保鸡丁、回锅肉和鱼香肉丝；飞南京的，有鸭肉粉丝汤、大碗面、菌菇浓汤面、扬州富香包子、泰州黄桥烧饼；飞长沙的，有湘西牛肉丸、安东子鸡、剁椒龙利鱼、香芝麻乳鸽汤、雪菜鸡肉、螺纹粉、牛肉蝴蝶粉；飞厦门的，有沙茶面等等。这些都已经克服了冷藏解冻的难题。"

"国际航空的有哪家吃得最好？"

"最好的应该是大韩航空了。他们出的杂菜饭，加麻油、辣椒酱，又刺激又美味。"

"您自己吃的哪一顿最好吃呢？"

"最好的是带一只飞天烧鹅了，当今在机场离境大堂的'正斗'可以买到。吃不完，分给空姐，她们都满脸笑容，哈哈哈哈。"

「人是食物变出来的吗？」

首先，必须声明，此篇东西，只是道听途说，毫无科学根据，只是游戏文章，不可当真。

靠多年来的观察，我得到的结论是：吃米的民族，人的个头比吃麦的矮小。

君不见南方人矮，北方人高吗？前者吃米，后者吃麦。西方人比东方人高大，他们吃面包，我们吃白饭。

山东人移民到韩国去，所以韩国女人也比中国香港的女人高大，亚洲国家之中，算她们的身材最美。

从前日本人非常矮小，"二战"后学校补给的食物中有了面包，所以高大了起来。近年来的年轻人更少吃饭，他们才出现了魁梧的男女。

我们的子女，被送到外国去念书，或移民到美国、加拿大，不也是一个个长得像篮球健将和时装模特儿那般高大吗？反观他们的父母，不也都很矮？

印度尼西亚的家政助理，高大的并不多，她们也是以白饭当主食的呀！菲律宾的，主食掺杂了面食，她们才没那么矮。

当然这一切并没有资料和数据，那是需要临床试验才能得出的，那需要庞大的资金，谁有那么多功夫统计？连用白老鼠做试验都不肯，唯有靠观察而已。

身形跟运动也有关系，但这只是个别例子。像我的父母兄弟和姐姐都不是生得很高，我因为看了爱丝德·威莲丝的游泳电影，爱上了她，给家人笑说我这么矮，怎么娶得到她做老婆？所以在发育时期，我每天跳，看到门框就跳，跳到有一天终于摸到。十三岁的那年，我长高了一英尺，平均一个月长高一英寸[①]。

① 英寸，英美制长度单位，1英寸合2.54厘米。

生活习惯也会影响身形。日本女子已经不坐榻榻米，小腿也没四十年前那么粗了，而且样子愈来愈美。这倒是和食物无关了，不知为什么，也许是和韩国人混了种吧？韩国美人多。

身形与吃的东西粗不粗糙有关，这是大有可能的。欧洲国家之中，法国女子特别娇小，那是因为这个民族懂得吃；其他的都高头大马，因为吃得没有法国人那么精致。

尤其是美国女子，愈来愈高，愈来愈肥，都是吃汉堡包、炸鸡腿造成的。垃圾食物能令人高大，是主要原因。虽然快餐连锁店的东西我们觉得便宜，但是太穷的国家的人还是吃不起，所以不会再长高，印度人就是个例子。

中国人说以形补形，外国人说你吃些什么，就像些什么，他们的女人每天喝牛奶，所以长得像奶牛。

反观不喝牛奶的中国女子，尤其是南方的，平胸的居多。香港女人尤其不喜欢喝牛奶，她们唯有穿衣服来遮盖，如果有人肯统计，或她们让你统计，就会发现，"飞机场"女子，占大多数。

并非所有东方雌性皆如此，如果你去了越南就知道。路经女子小学、中学，一群女生涌了出来，涌的不止是人，还有胸部。

不知道什么原因，越南女人的身材会比邻国的好。归根结底，还是因为食物吧？越南人最喜欢吃什么？牛肉河粉也。或许牛肉之中含有大量的雌激素导致乳房胀大，也说不定吧。

越南又有一种水果，叫"乳房果"，样子像乳房，经过揉捏后食用更美味。是不是从小吃这种东西之故？如果有跨国药厂肯花大本钱来研究，不只赚个满钵，还能得到诺贝尔生理学或医学奖呢。

到时整容医生，都得收摊。想隆胸，吃几颗药丸即见效，世界有多美好！我可以幻想到那时的广告，出现一个像"人人搬屋"广告中那样的老头，翘着拇指："要大奶奶吗？找××药厂！"

虽没有科学根据，但也不是胡说。记得小时候，有一个日本军医，他爱好文学，常到家里来与我父亲交谈。爸爸曾经与作家谷崎润一郎等通过书信，更令那军医敬佩不已。这军医一生研究皮肤组织，来到南洋，发现女子都爱白，就研究出一种药丸来。

没人给他做试验，他见我这个小孩，就把药包上糖衣给我吃。小时候并没有瑞士糖，我见到就嚼，这"糖"外层甜甜的，里面有点怪味。

说也奇怪，我一生再怎么日晒，也从来没有黑过，最多晒红了、脱皮而已！当年要是能大量制作，也是造福南洋女子的事呀！可惜这个军医回到日本，已下落不明。

至于药物能够使人高大，倒没有什么可能了，还是靠吃面包吧。高者，比矮小的人更有自信，为了你的儿子的前途，别给他们吃那么多米饭，面包为佳。如果要你的女儿参选"香港小姐"，那么每天催促她们喝牛奶吧。

但是到了最后，精神食粮还是最重要的。一个健美先生和一个什么小姐，要是智商发育不了，又有什么用呢？

从小教他们懂得孝道和有礼貌，多学习，多看书，守时和守诺言。长大了，就算是矮子和平胸，也是一个可爱的人物呀。这一点，与食物无关。

「最无稽的健康建议」

我的简体字版的书，最近又发行了数册，出版社为了宣传，请一些报刊的记者来做访问，我刚好忙着拍新一辑的电视节目，无法会面。

对方又说要以电话交谈，我打去的时候他们在做别的事，他们打来，我又不在。最后双方答应，以文字回答。这是对一个作者很不公平的事，分文不取，心有不甘。

见到了传真，有些问题我在那本《抽烟、喝酒、不运动的蔡澜》中已作答，就请对方买书去看。我能答的，是从前没答过的。把这些问答当为一篇文章写出，赚点稿费，以求心理平衡。

问："十四岁在《星洲日报》发表的第一篇文章是什么？"

答："好像是《疯人院》，它在我那本《蔡澜随笔》中重新刊登过一次。"

问："这对您后来的人生道路有什么影响？"

答："不知道有什么影响。当年只写来赚零用钱，带同学去吃喝玩乐。"

问："您喜欢的美食都很昂贵吗？"

答："绝不。我并不爱鲍、参、肚、翅。"

问："在家里，您对饮食的要求是怎样的？"

答："尽量清淡。"

问："您反对一夫一妻制，说婚姻是一种野蛮的制度，但自己还是结婚了且多年婚姻稳定，这不是和您的立场矛盾吗？"

答："妈妈催婚，我很孝顺。婚姻稳定，是我结婚时许的诺言，我遵守诺言，父母教的。立场并不矛盾，只是喜欢身边多几位美女。"

问："已近古稀之年，但您依然身兼多职，有没有打算哪天退休，然后像普通老头那样终老？"

答："患了老年痴呆症，就退休。老，是不能免的，是另一个人生阶段，也得享受。花间补读未完书，不一定要花很多钱。不然活着，等于没活。"

问："相亲，是解决单身问题的最好办法吗？"

答："当然。相亲，等于免费的婚姻介绍所，何乐不为？看多几个，不喜欢拉倒，没有强制的要求，为什么不去做呢？"

问："年龄大了，迫不得已，这个心态应该如何把握？"

答："没有一条法律强迫你一定要结婚。结了婚也不一定是件好事。目前在西方，不结婚的男女多的是，大家都照样活下去，不会死人。人家结了婚，自己没结婚，又如何？人生总有些憾事，把这当成其中一件好了，重要的是活得开心。活得开心，与结不结婚没有关系。"

问："如果有很多女人参加您的单身旅行团，那么她们在众多女性成员中，如何让自己脱颖而出？"

答："要有幽默感，让大家开心，一定会给对方留下深刻的印象。"

问："假设您作为单身成员之一参加，什么样的女性是您特别想遇到的？"

答："和上一个问题一样，我最喜欢遇到一些谈吐有趣的女人。你知道的，有些事，做多了会生厌；但有一个风趣的人做伴，那么多久都不会生厌。"

问："有什么地方是相亲旅行团的最佳旅行地点、激发感情的场合？”

答：“日本的男女混浴温泉区最好，坦诚相见。”

问：“你组织过的单身相亲旅行团，成功吗？”

答：“并不成功。大家以为是嫁不出去或娶不到老婆的人才会参加的，都觉得丢脸，参加的人数很少，当今的年轻男女，多数还是很假。”

问：“对于急着找个伴侣的单身女性，您有什么建议给她们？”

答：“没有建议。我一向相信老人家所言：姻缘不到，急了也没有用。如果命中注定你们嫁不了人，就别嫁了。但是机会总是有的，我们不是常看到朋友之中，有很多人娶了长相很难看的女人吗？耐心地等吧！做人，为什么要迂腐到非嫁不可？多学习，多自我增值，潇洒地活一回，总有人会欣赏。”

问：“您提出的忠告是否希望真的有人去听，去遵循？”

答：“我并不以为我提的是忠告，只是老生常谈而已。有没有人听，干我何事？”

问：“会不会误人子弟？耽误别人终身是很严重的事呀！”

答：“实话会耽误别人终身？哈哈哈哈。”

问： "哪一类女人，连宽容的你，都觉得很讨厌？"

答： "丑人多作怪的女人，很假的女人，仗着权力欺压别人的女人，以卫道人士名义来诬害别人的女人，在背后说人坏话的女人……太多了。"

问： "您觉得最无稽的一条健康建议是什么？"

答： "别吃猪油。"

「本性酷好之药」

李渔说："一种本性特别喜欢的东西，可以当药。"

人的一生之中，总有一两样偏爱偏嗜的。像文王偏爱用菖蒲腌成的酸菜，曾晳偏爱羊枣，刘伶好酒，卢仝好茶，权长孺好爪，都是一种嗜好。癖嗜的东西，跟他性命相同，如果病重时能得到，那么都可以称为"良药"。

医生不明白这个道理，一定要按《本草纲目》检查药性，某种东西跟病情稍有抵触，就把它看成毒药对待。事实上这是特殊的病，不可能很快治好。

当今加上报纸上的医疗版块，一说什么什么对身体不好，你就一世人①甭想吃了。连豆腐也说有尿酸，青菜有

① 一世人，粤语，一辈子。

农药，鱿鱼全身是胆固醇，咸鱼会生癌，鱼卵更不可碰。内脏呢？恐怖！恐怖！吃鸡不可食鸡皮，剩下的只有泡沫塑料般的鸡胸肉了。

当年瘟疫盛行，李渔得病犹重。适逢五月天，杨梅当造，这东西李渔最爱吃。妻子骗他说买不到。岂知他们家就住在街市旁边，李渔听到叫卖，不管三七二十一，买来大嚼，一吃就是一斗[2]，结果病全好了。

② 斗，容量单位，1斗等于10升。

这种说法，与倪匡兄的理论完全一致，他老兄说："人一快乐，身体就会产生一种激素，把病医好。"

我也同意，只要不是每天吃、餐餐吃的话，一点问题也没有。别以为满足一时之欲是件坏事，其实是种生理和心理的良药，绝对可以延长寿命。就算不灵，死也死得快乐呀！

个性郁闷、言语枯燥的男人，是没有药医的，因为世上没有一种东西是他们喜欢的。他们本身就是一种传染病，会把你的精力都吸干，凡遇此种人，避之避之。

菜市场中，所谓的不健康食物，多是我们的酷爱。不喜欢肥猪肉，是因为你身体不需要肥猪肉。我年轻时又高又瘦，见到了肥猪肉就怕，当今爱吃，已把它当药。"狐狸精"会炆好三盅东坡肉，凡一切病，都替我治好，她才是名医。

「父亲的早餐」

"香港有什么好餐厅介绍？"你问我的话，我答得出，而且相当准确。只要讲明想吃什么菜，我都有数据指引，因为我对这个都市很熟悉，在杂志上写食评也写了二十多年。

要是问到内地的，我便会搔首，对几个大城市的餐厅也许有点认识，但二线三线的，就不知道了。像我去了大连，哪家食肆值得去，就得问洪亮。

信得过的食评家洪亮

全中国的餐厅无数，所谓的食评家也不少，但信得过的，只有几个。首先，他们必须去得多、吃得多，才能得出结论；其次，不能白饮白吃，不然只有替人说好话。如果介绍的多是财势雄厚、出品一般的餐厅，这个人的介绍千万别听。

为什么问洪亮？因为他是哈苏相机的品牌经理，得到全国各地做宣传活动，本身爱吃，到处吃，就吃出一个道理来了。

洪亮脸圆圆的，身材略胖，性格开朗，懂得自嘲，如有孕妇在场，就把自己的肚皮和对方相比，拍一张照片，大笑一番。

他的祖母是江苏宜兴人，祖父是福建长汀人，都爱吃、爱做菜。洪亮从小就贯通了南北的味道，像江苏的糟肉、福建的肉燕，早就吃过。

一九七五年，洪亮全家搬到湖北，在那里，他体内吃辣的种子逐渐长大。最重要的是，在那个物质贫乏的年代，他们一家都尽量地享受一些平民化的小食，有什么吃什么，从不嫌弃，从不抱怨。

后来他又随父母到了武汉，开始热爱热干面、豆皮和汤包。那个年代，辣鸭脖还没人会吃呢。一九八八年，他考上北京大学，之后便在北京落地生根，对于北京菜，他当然是最了解的。我在北京一认识他，他便先问我爱吃什么，我说来了北京一定要吃羊肉。他带我去的羊肉店，一家比一家出色，我对他的信任，也一天比一天加深。

"去了大连，一定要吃焖子。"他说。

焖子是什么？听都没有听过。原来焖子是当地的一道小吃，做法是用地瓜粉加凉开水调成稀汁，再在锅中加热，不停地搅动，之后放置凉透，待凝固成块，用刀切成小块，抹上油煎至金黄。那么简单的一道小吃，加上海鲜，加上肉，加上鸡蛋，做成各种味道，精致起来，错综复杂，的确能代表大连的小吃。他向我介绍后，每到一家餐厅我都点这道菜，吃得上瘾。

当今，整个中国几乎给他跑遍。我每到一处，必先向他请教，总会找出一些真髓，再在他推荐的餐厅中一一欣赏，从来没有失望过。

书未出，序已成

我常说真正会吃的人一定会烧菜，洪亮顺理成章地上了湖南卫视的《锋尚之王》、中央电视台的《厨王争霸》、北京卫视的《美食地图》等等电视节目，上得最多的是《食全食美》，在节目中还露了两手。

除了勤力吃、勤力做菜，他还勤力做记录。每到一家餐厅，他都仔细地把每一道菜拍摄下来，不管这家食肆他去过多少次，都照拍不误，之后选出最好的照片来。我年老、记忆力差，试过的菜不记得，就找他要照片和资料，他都详细地传给我。

　　洪亮的文笔不错，在《TimeOut 北京》《时尚芭莎》《天下美食》《摄影旅游》《名厨》等杂志，发表过多篇文章。

　　"这么珍贵的一个宝库，不聚集成书，岂不可惜？"我向他提出建议。

　　他以为我只是说说，不当一回事。哪知我返港后即和"皇冠出版社"的老总麦成辉说起，我们一拍即合，计划马上被通过，可随时出书。麦成辉说总得写一个序，这才引起我写这篇东西的动机。书未出，序已成，佳话也。

　　当今网上的资料无数，出书还有人买吗？我拍胸口，一定成功！因为大家找到的，并不一定是你要的。而且读者们每到一个不熟悉的城市，一定得吃，但时间宝贵，去一家吃了一口怨气的餐厅，不如去一家不会令你失望的。

　　我的主意是印成一本可随身携带、用铁环串起的书，今后有新的餐厅介绍，便能像活页一样随时加入，或者，目的地既定，旅行时只取要用的那个部分便可。今后也可以做成一个 App 或做成电子书，任何方式，只要内容丰富，都能卖出。

心泉之家

洪亮这个人与我特别有缘分。我姐姐小时候跟母亲姓洪，她一诞生哭声就很嘹亮，爸爸就替她取了一个亮字，也叫洪亮。北京洪亮在微博上有另外一个名字，叫"心泉之家"，没有问过他是怎么取的，可能和他做菜的态度有关系吧？

自从有了微博，洪亮每天为他的儿子做了早餐，就把照片发在微博上，花样之多，让我们这群微博之友，都要看他今天做的是什么。有时我上馆子，点的东西吃不完打包回去，翌日加个蛋或一些蔬菜炒一炒，又是一碟美食。但是看洪亮的照片，没有一张是隔夜菜，每一道都是在市场买的最新鲜的食材做的。那要多早去买，又要花多少时间来做？

最近，他的儿子上了大学，寄宿，吃食堂菜，洪亮不必再做了，大概他会很失落，像女儿出嫁那般地失落吧？

相信他的儿子，长大了，娶了媳妇，生了儿女，会更了解父亲的心思。也许，是儿子做早餐给自己的子女吃的时代到了。

「管他多少卡路里」

我们去吃日本生鱼片，都说是吃"寿司"。

其实，寿司是指下面有饭团、上面铺着一块鱼片的。

如果到了寿司店，坐在柜台，指一指其中的鱼，说："Toro[1]。"那么师傅就会捏饭团给你吃。

[1] Toro，金枪鱼脂肪多的部分。

严格来讲，"寿司"应有分别：有饭的，虽然也可以说成"寿司"，但应该称为"nigiri"（握）。没有饭，只吃生鱼片的，称为"tsumami"（撮）；当然，你说"sashimi"（刺身）也行，但这不是内行人的术语。

凡是称为"sushi"（寿司）或"nigiri"的，都以两块为单位，称为一"kan"（贯）。

一 kan 有多少？一块寿司，米饭的重量标准定为十克，鱼的就没标准了。便宜的铺子卖的，饭多一点，鱼薄一点；贵的店相反。

以一 kan 计算，寿司到底有多少卡路里的热量呢？二十克的米饭，一共有三十点五卡路里；其余的热量由鱼的肥瘦来决定。

"日本全国寿司商生活卫生同业组合联合会"印刷过一张精美的海报，准确地说明了每种寿司的热量。看完之后才知道，以一 kan 计算，热量最高的是 anago（海鳗），有六十一点九卡路里；最低的是 amaebi（甜虾），是三十五点八。

中国香港人最爱吃的 toro，热量是五十七点一卡路里。以为胆固醇含量最高、吃了最危险的 ika（鱿鱼）的，才不过是三十八点七卡路里罢了。

鲍鱼的也低，是三十五点九。比目鱼是鱼类之中热量最低的，是三十八点六。Hamachi（油甘鱼）和 toro 的差不多，是五十八点八。

不过，这张海报看了一点也没用，人要吃东西，应该什么都吃，管他多少卡路里！依该表计算，除掉白饭的三十点五，鱼和虾没有多少卡路里的热量，高热量的罪魁祸首应该是白饭。下次吃，千万别点寿司，要 tsumami 或 sashimi 好了。